『闘鬼』

そうして、二人が対峙するところ――（169ページ参照）

ハヤカワ文庫 JA

〈JA903〉

グイン・サーガ⑯

闘　鬼

栗本　薫

早川書房

6162

THE FINAL FIGHT

by

Kaoru Kurimoto

2007

カバー／口絵／挿絵

丹野　忍

目次

タイスの水神祭り闘技会の記録室には、数知れぬ闘王、大闘王の名前が記されている。

だが、そのなかでもっともはえある、そして永久に色あせることなきその名は、それは、二十年間不敗の歴史を誇ったおそるべき英雄の名であった。

伝説の人——その名をクムのガンダル、という。

タイス図書館の記録室の記録より

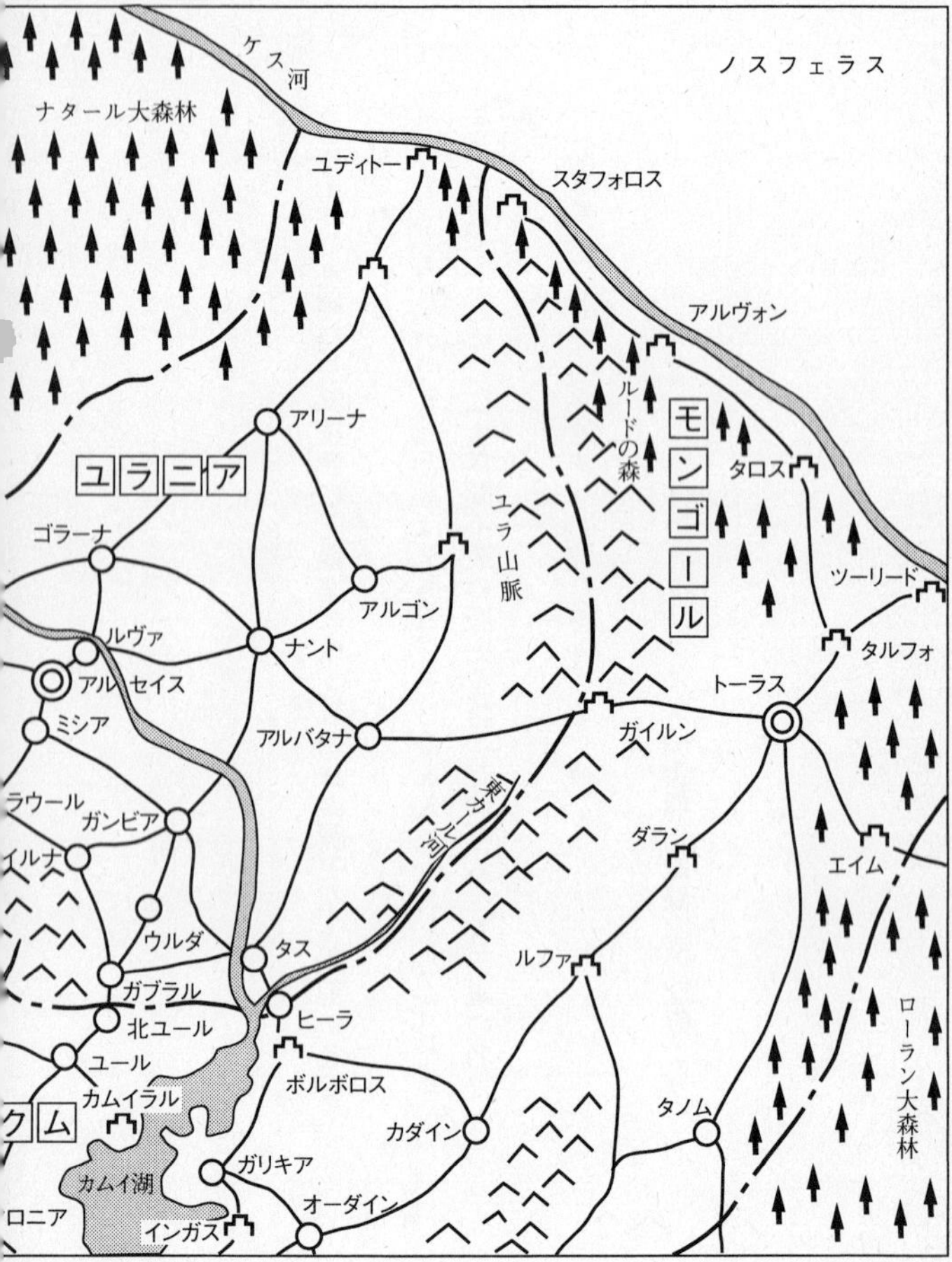
ケス河
ノスフェラス
ナタール大森林
ユディトー
スタフォロス
アルヴォン
ルードの森
モンゴール
タロス
ツーリード
タルフォ
トーラス
ユラ山脈
ガイルン
アリーナ
ユラニア
ゴラーナ
アルゴン
ルヴァ
ナント
アルセイス
ミシア
アルバタナ
東カール河
ラウール
ガンビア
イルナ
ダラン
エイム
ウルダ
タス
ガブラル
ルファ
ヒーラ
北ユール
ユール
ボルボロス
カムイラル
クム
カダイン
タノム
ローラン大森林
ガリキア
カムイ湖
オーダイン
ロニア
インガス

〔中原拡大図〕

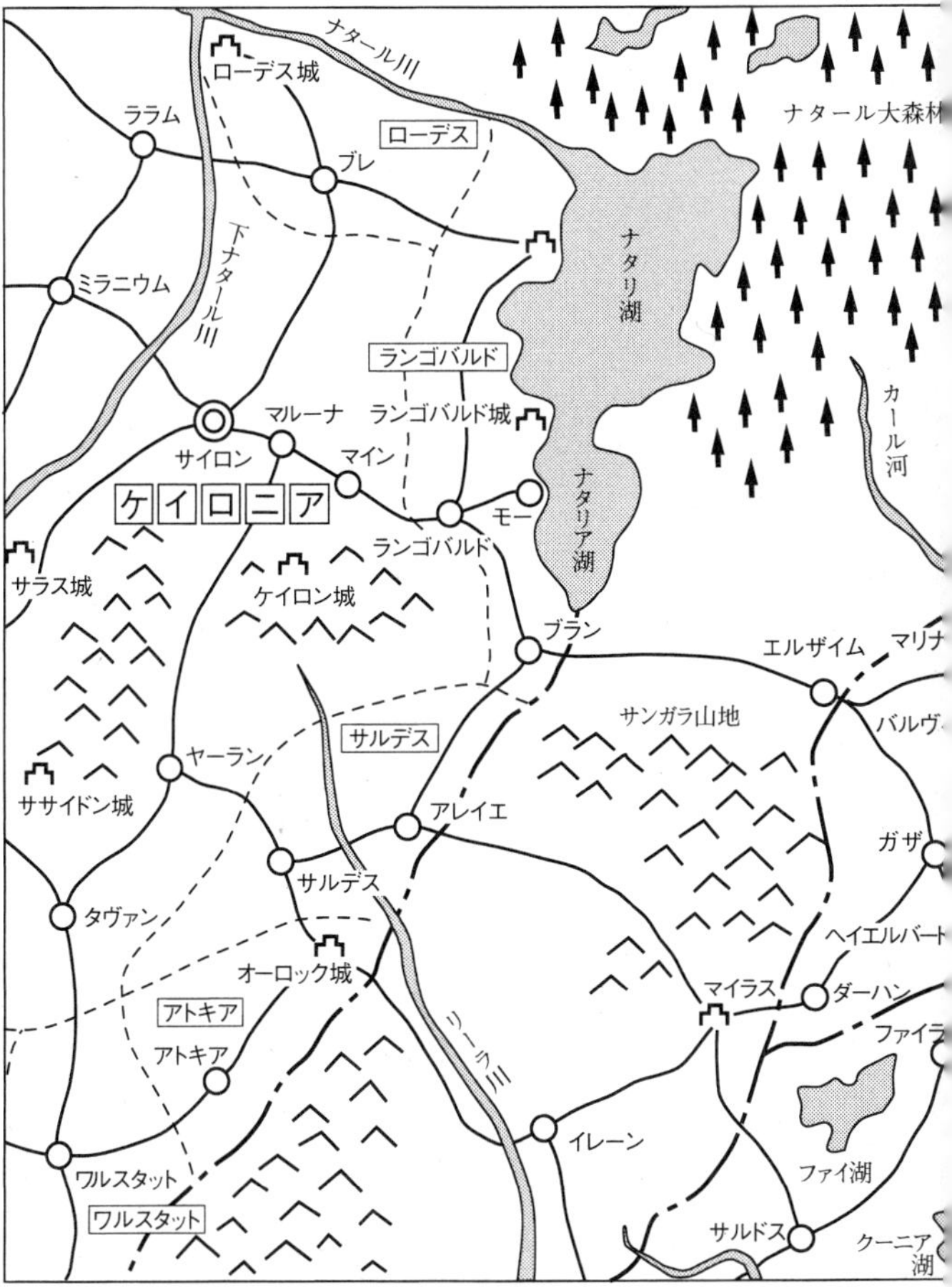

ナタール川
ローデス城
ララム
ローデス
ブレ
ナタール大森林
ナタリ湖
下ナタール川
ミラニウム
ランゴバルド
カール河
ランゴバルド城
マルーナ
サイロン
マイン
ナタリア湖
モー
ケイロニア
ランゴバルド
サラス城
ケイロン城
ブラン
エルザイム
サンガラ山地
サルデス
ヤーラン
ササイドン城
アレイエ
ガザ
サルデス
タヴァン
ヘイエルバート
オーロック城
マイラス
ダーハン
アトキア
アトキア
リーラ川
イレーン
ファイ湖
ワルスタット
ワルスタット
サルドス
クーニア湖

〔中原拡大図〕

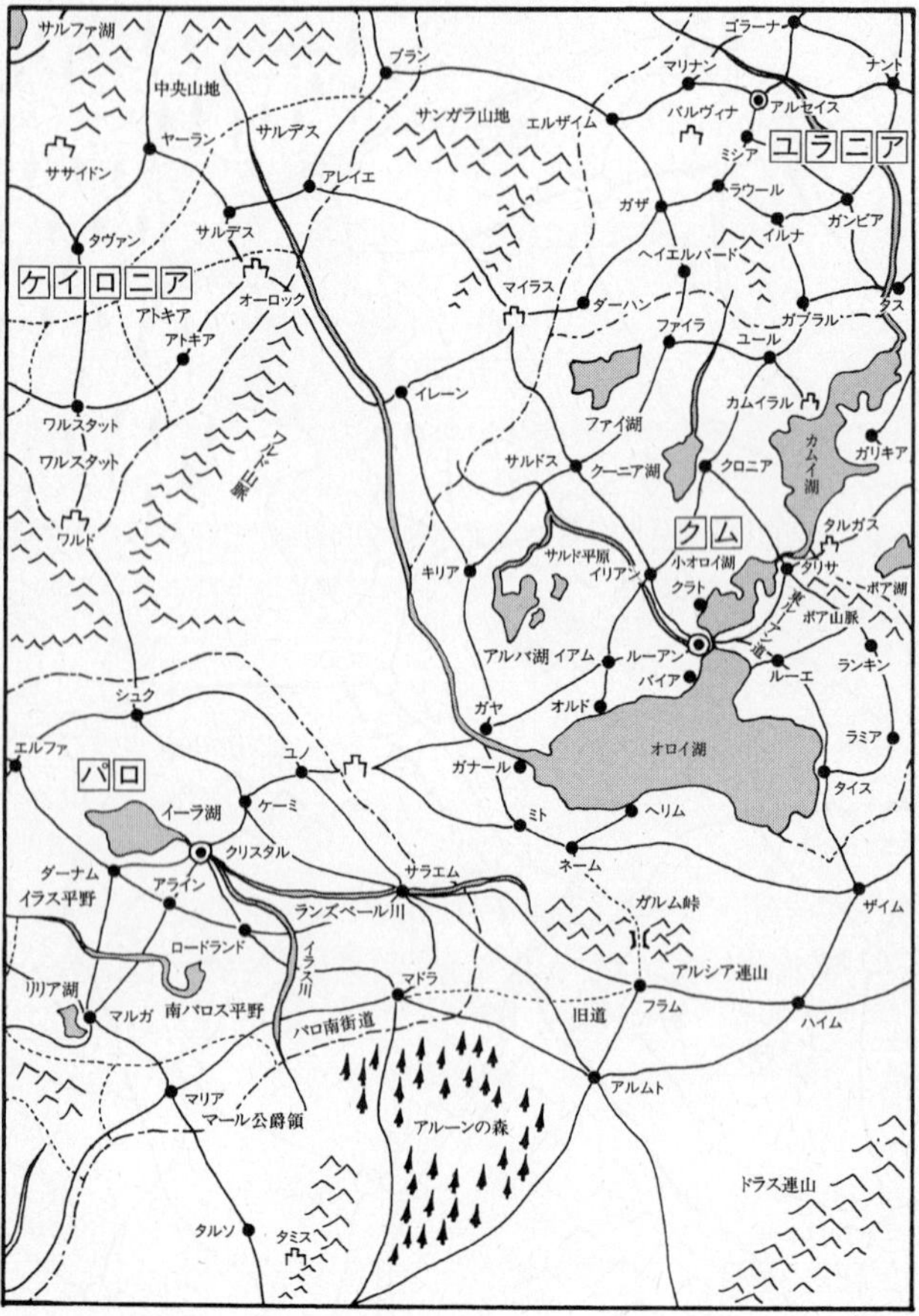

サルファ湖
中央山地
ブラン
サンガラ山地
ゴラーナ
マリナン
ナント
アルセイス
パルヴィナ
エルザイム
ユラニア
ミシア
ヤーラン
サルデス
ササイドン
アレイエ
ラウール
ガザ
ガンビア
イルナ
タヴァン
サルデス
ヘイエルバード
ケイロニア
マイラス
ダーハン
タス
オーロック
アトキア
アトキア
ガブラル
ファイラ
ユール
イレーン
カムイラル
ファイ湖
ワルスタット
ワルスタット
ワルド山脈
ガリキア
カムイ湖
サルドス
クーニア湖
クロニア
クム
タルガス
ワルド
サルド平原
小オロイ湖
イリアン
タリサ
キリア
クラト
ボア湖
ボア山脈
アルバ湖
イアム
ルーアン
ランキン
ルーエ
パイア
シュク
オルド
ガヤ
ラミア
オロイ湖
エルファ
ガナール
パロ
ユノ
タイス
イーラ湖
ケーミ
ヘリム
ミト
クリスタル
ネーム
ダーナム
サラエム
アライン
イラス平野
ガルム峠
ランズベール川
ザイム
ロードランド
イラス川
アルシア連山
マドラ
リリア湖
マルガ
南パロス平野
旧道
フラム
ハイム
パロ南街道
アルムト
マリア
マール公爵領
アルーンの森
ドラス連山
タルソ
タミス

闘鬼

登場人物

グイン……………………………………………ケイロニア王
マリウス…………………………………………吟遊詩人
リギア……………………………………………聖騎士伯。ルナンの娘
ブラン……………………………………………カメロンの部下
マーロール………………………………………剣闘士
アシュロン………………………………………剣闘士
ルアンナ…………………………………………女剣闘士
ホンファ…………………………………………女剣闘士
タイ・ソン………………………………………タイス伯爵
タリク……………………………………………クムの大公
エン・シアン……………………………………クムの宰相
ガンダル…………………………………………最強剣闘士

第一話　祭りの日々

1

「グンド！　グンド！」

「グンド！　グンド！」

潮騒のように、人々の歓声が、石造りの大闘技場のなかをたゆたっていた。

それはしだいしだいに、強くなってゆくばかりであった。

「グンド！　グンド！」

「グンド！　グンド！」

ほんのときたま、そのあいだを縫うように、まるでその圧倒的な歓声にあらがうかのように、ほそぼそとした、

「エルム！」

という声が飛ぶが、それはまったく圧倒的な「グンド！　グンド！」の叫び声にまた

たく間に消された。

まだ、試合の開始までには少し時間がある。だが、すでに、超満員に大闘技場の観客席を埋め尽くした観客たちの興奮状態は、頂点に達してしまっているかのようであった。

水神祭り闘技会が開始されてはや六日が経っていた。すでに、このとてつもない長期間のお祭り騒ぎ、どんちゃん騒ぎの中日は大変な大騒ぎのうちにすぎていたのである。

そのあいだに、無数の、といいたいくらいに沢山の試合、ありとあらゆる種類の試合が、タイスのおもだった闘技場、競技場、郊外の馬術広場や戦車競争用の広場などまで使っておこなわれていた。むろんのことに、この闘技会の期間中にタイスでおこなわれている全試合を、すべて見ることのできるものなどいようはずもなかった――毎日、同じ時間に、無慮何十個所もの場所で、大平剣から細剣《レイピア》、くさりがまから大斧、十字弓から素手での拳闘技にいたるまで、考えうるかぎりすべての武術競技の試合が開催されていたからである。

なかには、あまりにもそれをやるものが少ないので、第一試合と第二試合がすなわち準決勝であり、それの二つの試合に勝ち抜いた二人がすでに決勝戦に進出してその勝者が優勝者である、などという人気のない競技もあった。また、闘技だけではなく、からだそのもののわざを競う早駈け競技や、大食い競争、どれだけ短時間にどれだけ沢山の荷物を運べるかという荷物運び競争だの、一台の馬車で一番たくさんのものを運べる、という馬車競技——これはヴァリエーションとしては、一艘のグーバでどれだけたくさんの荷物を沈没せずに運べるか、という、グーバの船頭たちの競技もあって、これはグーバの快速競争ともども、なかなかに「波止場の人気競技」であった——までもあった。

とにかく「水神祭り闘技会」の期間、というのはタイスのひとびとと、この期間を楽しみに世界中からやってくる観光客たちにとっては、「なんでもかんでも競技の対象」になり、同時に「すべての競技が賭けの対象」になる、というお約束になっていたのだ。タイス市民たちはまだしも、日頃からこうした賭けの熱狂には馴れていたので、それほどではなかったが、観光客たちはここぞとばかり、何から何まで賭けの対象にしていた——それこそ、食事に入った店でどちらの頼んだものが先に到着するかから、女郎屋でのもて方、はてはどちらが沢山賭けに勝つかまでが賭けの対象となった。だものでこの祭りのあいだには、タイスじゅうのいたるところで「畜生！」とか「今度こそ！　ええい、もう一度だ！」などという絶叫や、負けたものの悲鳴、呪詛の声、勝利者の高らかな雄叫びなどがひびきまくっていたのであった。

当然「タイス第一の美女」「今季水神祭り第一の美女」を選ぶ企画もあったし、「今年一番の美少年」や「今年一番の美男子」を選ぶ企画もあった。毎日のように、いろいろな神殿前広場でありとある企画がおこなわれていたのだ。「今年の祭りの一等賞の美人」コンテストはサリュトヴァーナ女神の神殿でおこなわれていたが、圧倒的な市民たちの要望によって、『女闘王候補のリナ』こと、我々のリギアも出場させられていた。マイヨーナ広場でおこなわれる『今季一番の歌い手』コンテストには、当然マリウスも出場したが、これはタイス伯爵が主催する催しであったので、マリウスが優勝することは最初からわかっていたので賭け率はいたって低かった——もっともマリウスの名誉のために云っておかなくてはならないが、そのような『八百長』がなかったところで、マリウスの王座はゆるぐおそれはなかったに違いない。何といっても、マリウスは素晴しい歌い手であったし、耳の肥えたタイス伯爵がそこまで惚れ込んだのも、やはり結局は、マリウスがきわめて非凡な歌い手であり、素晴しいキタラの伴奏者であり、最高の声の持ち主である、という事実あってこそであった。タイスの闘王を何がなんでもクムの闘王位につけたい、という悲願を、タイ・ソン伯爵が持っていたのでもわかるように、タイスの人々はその支配者以下、いたって誇りが強く、「最高のものはすべてタイスのもの」でなくてはならない、という強烈な自負心を持っていたのである。

こうした、格闘技でも剣闘技でもない「競技」もいたるところでおこなわれ、それにみんなが賭けていたので、当然のことながら、もよおしによって、集められる人数はずいぶんと変動していた。だが、なんといってもこの祭りはやはり「闘技会」の祭りであり、そして闘技会の花形は剣闘技であるのは間違いなかった。

大闘技場では間違いなく、試合がはじまりさえすれば超満員になった。それも、祭りと競技会の日数が進んでゆくにつれて、どんどん、トーナメントは上位の対決となってゆき、それにつれて、下のほうの試合からははずされていた上位の選手たちが出場しはじめたので、いよいよ闘技場は盛り上がるばかりであった。

ブランのスイランは、首尾よく三回戦でうまいこと敗退していた――本気を出せばむろんもうちょっといっただろう。ブランの見たところ、ブランが参加していたやや特殊な『刀子投げと中型剣』というコースのせいもあって、その気で頑張ればかなり確実に優勝出来たかもしれないが、それ以上、注目をあつめていなかったスイランのような無名の選手が勝ち上がると、どんどんこんどは賭け率が上がり始めて大変な騒ぎになる。そうなってしまうと、なかなかに今度は、敗退したときに非難ごうごうにもなるし、場合によっては帰り道に闇討ちをくらう、などということも聞いていたので、賢いブランは最初から、準決勝にすすむ前には順当に負けておこうと決めていたのだった。さいわい、準々決勝でなかなか大柄でみばの強そうな相手が出てきたのを幸い、はた目には「ものすごい接戦の末」と思える試合をくりひろげて、無事に敗れることが出来たのであった。それも、実際にはブランには、片付けることはそう難しくないような相手であったので、結果的にブランのほうがいろいろと仕掛けて「接戦で敗れる」格好をとるのが簡単だったのだ。

刀子投げと中型剣、という競技は、まず遠くの的にむかって刀子投げをおこない、その成績も加味しての勝敗になるので、実は刀子投げの名手であるブランには、わざと的をはずすこともお手の物だったのである。それを考えてブランはこのあまり人気のない種目を選んだのだった。

それでブランはめでたく準々決勝前に敗退し、すっかりお役ご免になってくつろいでいた。それはまた、グインたち一行にとってもきわめて重要なことであった――いったん敗退した選手はもう競技会には用がなかったので、あとは好きなだけ遊んでいても文句を言われなかったし、いくらでも祭りを見物し、好きな競技に賭けて楽しむこともできた。それゆえ、《スイラン》がいかに好きなだけ、市内をうろつこうとも、もうそれはご勝手だったのである。タイス伯爵はもはや、さまざまな野望に夢中になり、血まなこになってしまっていたので、《グンド》の連れのさして強くもない平闘技士などに興味はまったくなかった。それどころか、スイランの存在さえも、おそらくはきれいさっぱり忘れてしまっていたに違いない。

それで、最初はブランはおそるおそる、いつでも戻れるようにしてふらついていたが、自分がもうすっかり軟禁の看視からはずれたらしい、と確信できると、大胆不敵に市中を好き勝手にうろつけるようになった。肝心のとき――というのは朝起きたときと夜の寝る前に衛兵が確認の声をかけたときに、部屋に戻っていさえすれば、何のチェックも受けずにすんだ。しかもそれも、なにせここはタイスであったから、衛兵にちらりと握るものを握らせてやれば、外泊することとてもおかまいなしだったのである——もっともそれはあくまでもスイランだけの話で、《グンド》や、いまとなっては《リナ》が同じことをしても大騒ぎになったに違いない。その分、グインとリギアへの注目度、伯爵の関心はおそろしく高まっていたからだ。だが、それでいっそう、グインにとっても、自在に市中をうろつけるブランがいる、ということは、きわめてありがたいことであった。

ブランは相当ぬけめなく立ち回り、なんと自分も賭けになけなしのへそくりを出して、《グンド》と《リナ》と、それにブランの鋭いよく鍛えられた鑑識眼からみてこれは絶対勝つなと思われる闘技士——その最たるものは《青のドーカス》であったが——にちょこまかと賭けて、実はかなり儲けていた——いや、まだグインは出場していなかったので、グインについては別であったが。もっともいまや《グンド》はどの賭け屋でも一番人気で、ことにいよいよ準々決勝に出場してくるとなると賭けが殺到していたので、グンドが勝ったところでたいしたもうけになることもありえなかった。が、同時に損をするわけではなかったのももちろんである。

《リナ》のリギアのほうは、ブランが首尾よく敗退した同じ日にはるかなキタイの生まれだという二刀流の女闘士、アイ・エンを少々苦戦したものの倒して、準々決勝に進んでいた。グインが初登場する六日目は、リギアが準々々決勝で、金髪の《黄金の牝獅子》ロン・タイと激突する予定の日でもあった。もっともこの牝獅子はメッキであることは明らかであった。その目もあやなきらびやかな金髪の根元はだいぶすでに黒ずんで本来の色を示していたのだ。この女はタイスの女闘士の最長老のひとりとあって、もしかしたらその素晴しい作り物の金髪に染めているのは、混じり始めた白髪を隠すためであるのかもしれなかった。

このカード、女闘技士の準々決勝にも、人気は相当集中していたが、しかしなんといっても、人々は、待ちに待ったタイスの豹頭の闘王、グンドが闘技場の砂の上に初登場してくる、という試合にはじまる前から熱狂していた。グンドがタイスの闘技士エルムとぶつかる準々決勝の前に、残る二つの準々決勝が設定されていた——もうひとつはすでにきのうすんで、《クロニアの蛮人》と通称される長身の闘技士ルロイ・リーがベテランのタイスの闘技士《剣鬼》ユー・リンをあっさり打ち負かしていた。

「タイスの闘王・豹頭のグンド対タルーアンの血をひく執念の戦士エルム」の呼び物の試合の前におこなわれるのは、「《奇蹟の剣士》黒毛のアシュロン対《タイスの恐怖》エルロイ・ハン」、そして「《ルーアンの彗星》若きファン・ホー対《カムイラルの星》アルカムイ」の二試合であった。この四試合の勝者——ルロイ・リーだけはもう決まっていたが——たる四人がくじびきによって組み合わされて準決勝の二試合が決まり、そして、それに勝ち抜いたもの二人が、まず戦ってその勝者が最終戦たる、闘王ガンダルへの挑戦権を得る、ということになっていた。ガンダルとの戦いは、決勝戦ではなく、『闘王位争奪戦』と呼ばれていたのである。

「つまり、お前が戦わなくてはならぬのは、今日と、明日、あさって、そして最終日のガンダルとの戦いということになるな」

タイ・ソン伯爵は、小屋主らしく、出場前のグインを陣中見舞いにやってきて、おのれの持ち馬の健康状態を診断する馬主よろしく、グインの肩の筋肉をつまんだり腕をひっぱったりして迷惑がられながら重々しく断言した。

「だが、たった四つ戦えば、それでこの世のすべての栄光はお前のものだ。同時にこの世の富のたくさんの部分もな。これはもちろんわしにもおこぼれにあずからせてもらうが。――どうだ、悪い話ではないと思わんか。今日からたった四回、一日一回づつ戦うだけでお前は億万長者になり、タイスで一番の人気者となり、クム最高の有名人となるのだぞ」

「俺はそんなもの望んじゃいない」

グインは仏頂面で口答えをした。

「俺はガンダルと戦って死ぬだけのことだ。もう逃れられないと覚悟はしたが、伯爵閣下のご期待にそえるわけはない。水神祭りの最終日が俺の葬式というわけだ」

「いまからそういうことを云ってどうする。すでに志気を飲まれている、ということじゃないか」

怒ってタイ・ソン伯爵は文句をいった。

「だいたいお前はものの見方が暗くていかん。なんだってそう暗いほうへ、暗いほうへものごとを考えるのだ」

「それが当然の真理だからだ。第一、俺がガンダルに勝てるわけはないんだし、それに、もし万一勝てたとしたら、それはただの奇蹟というものだろうと思っておいたほうが、『もしかしたら』などという期待はもたずにすむ。しあさっての晩は俺は遺言状を書かなくちゃならない。せめてしあさっての晩、俺の生涯最後の夜には、妻と子どもには会わせてもらえるのだろうな」

「おかしなことをいうな」

タイ・ソン伯爵はしれっとして答えた。

「子どものことなんかわしは知らんぞ。それに妻は……妻は元気でいるさ。安心しろ。ガンダルに勝ったらすぐに妻はかえしてやる。だが、そのころにはもう、お前はあまたの美女たち、美童たちに囲まれて、もうまったくあんなちっぽけなぶさいくな女には興味なんかなくなっているだろう。そもそも、そういう約束をしたんではなかったか?」

「俺は何も約束なんかしちゃいない」

グインはごねてみせた。しだいに、このあやしい都の空気に染められてきた、とでもいうかのように、グインは拗ねたり、ごねたり、いじけてみせたりして、タイ・ソン伯爵を怒らせたり、からかったりするのを楽しみはじめていたのだ。もっとも、マリウスから、フロリーがどうなったかの報告は当然届いていたのだから、これはまさしく、いうところの『ドールとバスのばかしあい』そのものであった。

「本当に女房は元気でいるんだろうな？　何も水牢に落とされたり、それとも誰か衛兵たちに輪姦されたりしてはいないんだろうな？」

グインは陰険に確かめた。タイ・ソン伯爵は満面の笑顔で保証した。

「大丈夫だとも。わしも、タイスのお偉方たちも、誰一人としてあんなちっぽけな冴えない女に欲情するようなものはおらんよ。あの女は閉じこめられてはいるが、ちゃんと食事もあたえられているし、指一本あげられておらぬ。だから安心して、妻の自由のために戦うがいい」

「俺は妻の自由のために戦っているのか？」

グインはずるそうに云った。

「こりゃ驚いた。俺は、タイスの名誉と、そして俺の自由と大金と美女や美童のために戦うのだとばかり思っていた」

「なんだっていいさ。お前が元気が出るというのなら」

タイ・ソン伯爵もずるそうに笑った。そして二人はいかにも共犯者めいたようすで目を見交わしさえしたものであった。

「それに子どもについてはわしは何にも知らんぞ、これはかけねなしに本当だ」

それが本当であることもグインはいやというほど知っていたが、疑わしそうにまじまじとタイ・ソン伯爵を眺めて、「どうだかわかるものか」という表情を思いきり伝えてみせた。

「どうしてそういう顔で見るのだ。わしがあの子どもをぬすみだして、ガンダルの食糧にでもしたとでも疑っているのか」

「そんなことがあったら、俺がガンダルを食糧にしてやる。むろん食うのは俺ではなくて、堀割のガヴィーだがな」

「おお。その意気だ。面白いことをいう奴だ。お前はその気になれば、ほんとに面白いことだって云えるのじゃないか」

タイス伯爵は手を叩いて笑った。

「それに、わしは、お前が今回ガンダルに首尾よく勝利をおさめたら、もう、お前に、その豹頭の魔道をとくことを禁じようかと思っているのだ。お前はそのほうが似合う。どんどん見慣れてきたせいか、もういまとなっては、豹頭でないお前なんぞ、見たくもない、という気がする。その豹頭の下から、どんな整った顔が出てこようが、よしんばかのクリスタル大公アルド・ナリスほどの美貌が出てこようが、それがどうした、という気がするのでな。その豹頭の衝撃には、どんな顔も勝てまいと思うし、まして——お前は色男だったのか？　本当のお前の顔は？　あの息子から見るとけっこう整っていたんだろうとは思うが」

「あれはマリウスの種なんだ」

グインはふくれて答えた。

「俺はちっとも色男なんかじゃない。俺はごく平凡なつまらん顔をしたそのへんの田舎の男だ、伯爵。体だけはでかいがな」

「だったらなおのことだ。ずっとそのままでいろ。もう何も飲み食いにも、しゃべるにも色事にも不自由はせんのだろう。かえってその顔のほうが喜ぶ女どもも沢山いる。直すことはない。魔道師のことなど、忘れてしまえ」

「これじゃ、どこにいってもケイロニアの豹頭王のにせもの、と呼ばれるだけのことになってしまう」

「なあに、世間は広い。二人の豹頭の戦士がいたところで——いや、しかし、まあ相手はなにせ天下の大国ケイロニアの皇帝の娘婿なのだから、とうてい実現することはあるまいが、もし万一、豹頭王がアキレウス大帝をしくじってケイロニアを追い出されでもしたら——なんとかして、豹頭対豹頭の一大試合を組んでみたいものだな」

タイス伯爵は興奮して云った。そういう話をしているときにはまさしくタイス伯爵は生まれついてのきっすいの「興行師」のおもむきであった。

「ああ、実際、そうしたらこんな大闘技場でさえ狭すぎることになるだろう！　いったいどんな騒ぎがまきおこるだろう！　考えただけでも興奮するぞ。ケイロニアの豹頭王、いや、もと豹頭王グイン対、タイスの豹頭の闘王グンド！　これほど素晴しい見世物はまたとあるまい。ああ、見てみたいな！　二人の獣人が大平剣をとって死闘するんだ。豹頭王グインの豹頭の下がどうなっているか、というのも天下の見物だが、それが二人に増殖してみろ。どれだけみんな興奮することだろう！　考えただけでも血沸き肉躍るぞ！」

「俺はちっとも血も沸かないし肉も躍らないぞ」

　グインは仏頂面で答えてタイス伯爵をおおいに興がらせた。

「面白い男だな、お前は！」

「ちっとも面白くなどない。俺はそもそもガンダルと戦うなんて無茶だとあれほどいっているではないか。それにもまして、ケイロニアの豹頭王だって？　とんでもないにもほどがある。まあ、いい。どちらにせよ、俺はそんなときまで生きてはいないだろうからな。あと四日、水神祭りの最後の日が、俺の人生の最後の日というわけなのだからな！」

「じっさいお前はなんとも面白いやつだ！」

タイス伯爵は喜んで叫んだ。そして、その《グンド》の悲嘆についてはまったく気にも留めぬふうだった。

「もしかしたら、見かけによらず――といったら悪いが、まあ大男といえば、総身に知恵がまわりかねるものということに古来相場が決まっとるからな。見かけによらず、お前はひょっとしたら、頭がいいんじゃないのか？　だとしたら驚くべきことだ！　だが、考えてみると、お前はこれまでの戦いをすべてもしかしたら、知恵で勝ち抜いてきたのかもしれんな。いかにもその図体しか取り柄のないように見せかけて。ああ？　そうではないのか？」

「知らん。俺はいま俺がこうしてここに生きていることさえ奇蹟だと思っているんだ」

「もっともっと奇蹟がおこるさ。そして、お前はガンダルを倒して、タイスの英雄になるんだ」

満悦で――もっとも、やや無理矢理にそう信じ込もうとしているようすでもあったが――タイ・ソン伯爵は云った。そして、おおいに激励するためのように、手をのばして、グインの胸をぴしゃぴしゃ叩いた。

「頑張れよ、グンド」

伯爵はきわめて闘技士思いの小屋主らしく云った。

「お前が望めばどんなことでもしてやるぞ。どんなものでも、用意してやる。どんな食い物でも飲み物でも、女、男、子ども、動物、したければどんな相手だっていくらでも送り込んでやる。それに、お前がそれによって勇気がわくというのなら、どんなことでも許してやろう。あと四日のあいだだけはな」

「じゃあ、ひとつだけ、切なるお願いがあるのだが」

グインは云った。タイス伯爵は目を輝かせた。

「おお、なんなりといってみるがいい。お前が快適に勝利のために過ごせるならどんなことでもしてやろう。ただし妻をすぐにかえせ、というのは駄目だぞ。あれはいろいろ事情があってな。とりあえず闘技会がすべて終わるまではわしが預かっておくのだ」

どうやら、タイス伯爵は、そのようにしてごまかすことに肚を決めたようだった。グインは素知らぬ顔をした。

「では頼みたいのだが、これから三つの——ガンダルとの最後の試合まであと三つの試合を俺が勝ち抜いたとしたら、どうか、その試合が終わったあとに、祝賀の宴会に出ることを勘弁してもらいたいのだが」

「なんだって」

タイス伯爵ががっかりしたような顔になった。

「なんでまたそんな愛想のないことを」

「ガンダルはまったく宴会になど出ないで、それどころかあの顔見せ以来顔ひとつ誰にも見られることなく、闘技場にも来ず、ひたすら鍛えているじゃないか」

グインはぬけめなく指摘した。

「俺とても、同じ条件でガンダルと戦う権利はあるはずだ。試合が終わってから、お歴々に愛想をふりまいたり、女どもにむらがられたりすることはとても戦意の喪失になる。それさえなければ俺はたぶんガンダルにだって、もうちょっと自信をもって当たれるのじゃないかという気がするのだがな」

「なんと」

がっかりしてタイス伯爵は唸った。だが、しょうことなく承知した。

「まあ、やむを得んだろう。わしはなんでもきいてやると約束してしまったしな。くそ、お前は意外に我儘なやつだな。それにやはり妙にこまごまと悪知恵のまわるやつだ。くそ、わしの、宴会で勝利したお前を並べて眺める楽しみをフイにしてくれたな。だがまあいい。そのかわり、ガンダルに勝ったら心ゆくまでわしの宴席にはべり、勝利のパレードもさせるのだぞ。これは、なしではタイス市民たちがそもそも納得せんからな」

「どうせそのとき馬車にのせられているのは俺の死骸だろうから、どうなろうとかまわぬさ」

無責任にグインは云った。そして、外で鳴らされている、試合近しのがらんがらんという鐘の音に耳を貸せとうながすかのように伯爵を見て、立ち上がった。

「さあ、試合だ。とにかく、試合前の闘技士というのはずいぶんと神経のたつものなんだ。そもそもそこを邪魔されると、負けろといわれているのも同じことだと思うのだが、どんなものだろうな」

「わかったよ。もう明日から、直前の慰問はしないさ。この、ガンダルなみの我儘者め」

むっとして、タイス伯爵は云った。そしてばたばたと出ていってしまった。グインはそれを見送ってひそかにほくそ笑んだ。これで、とりあえず、試合をひとつ終わってからの行動の束縛のほうは逃れられたのだ。それだけでも、グインにとってはおおいに有難いことであった。

2

というわけであっという間に準々決勝の前の二試合は終わっていた。

「《奇蹟の剣士》黒毛のアシュロン対《タイスの恐怖》エルロイ・ハン」のカードの勝者となったのは《奇蹟の剣士》であり、そして「《ルーアンの彗星》若きファン・ホー対《カムイラルの星》アルカムイ」の試合で勝ち進んだのは《カムイラルの星》アルカムイであった。ファン・ホーは頬を切り裂かれ、肩も打ち砕かれる重傷をおって担架で運ばれてゆくはめとなっていた。これで、三人の、準決勝進出選手が出そろったのである。あとのひとりがグインである、ということについては、じっさい誰ひとり疑ってはいなかったが、タイスの住民たちはまだしも「タイスの四強」を次々と打ち負かしたグインの戦いぶりを、その目で見たものもかなりいた——ことに大闘技場でおこなわれた《白のマーロール》との試合は、遠くからにせよずいぶん大勢の市民たちが見ていたのだが、この水神祭りを目当てにやってきた観光客たち、ルーアンからのものたちやもっと遠くからきたものたちのほうは、たいへんなうわさをあれこれと聞かされるばかりで、当然ながらまったくグインの戦いぶりを目にしたことはなかった。

姿そのものは、水神迎えやら祭りの開会式や、またもっと下の試合の特別観客席などで目にすることもできて、それがまたたいそうな評判を呼んでいたのだが、その巨体と豹頭とがどのような戦いぶりをくりひろげるのか、ということは、想像するしかなかったので、観光客たちの興味はいやが上にもふくらみきっていたのだった。

リギアはというと、ぬけめのない水神祭り競技会の運営委員会――その委員長はむろんタイ・ソン伯爵であったのだが――は、グイン対エルムの呼び物の試合が終わったあとにも観客たちをひきつけておこうとして、あまり多くは開催しない「夜間試合」のカードを組み、ここに「超美人女闘士リナ対《黄金の牝獅子》ロン・タイ」の試合を予定していた。強い戦士たちの試合よりもさらに観客をひきつけることが出来るのは、肌もあらわな女たちの試合だけだ、というのがかれらの考えだったのだし、それはおそらくまったく正しかったのだろう。こちらの入場券も順調に売れていたし、賭け屋が街角で看板にかかげてはおりにふれて書き換えている、この試合の賭け率も、時間がたつにつれてうなぎのぼりになってゆくばかりであった。それに、グンド対エルムの試合では、九割方の観客がグンドの勝利に賭けていたので、その意味では、賭けとしてのうまみはなかったのだが、「リナ対ロン・タイ」の試合は、どちらが勝つか、誰も予想がつかなかったのである。それで、賭け率はどんどんあがるばかりであり、これでうまくあてればかなりのもうけになるだろう、という状態になって、いよいよ試合前から客達の関心は白熱していたのだった。

だが、まずはとりあえず、「本日の大試合」であった。

「グンド！　グンド！」

「グンド！　グンド！」

「エルム！」

「グンド！　グンド！」

「グンド！　グンド！」

人々は、その前のファン・ホーとアルカムイの試合が終わるのももどかしく、早速グンドの名——とごく少数のものがエルムの名——を呼び始めていた。エルムの名を呼んでいるものは、このカードでも万一のたいへんな大穴狙いに賭けたものがほとんどであった。エルムとてもべつだん人気のない選手ではなかったのだが、なんといってもルーアンの選手でもあるし、それに、やはり豹頭のグンドの人気は圧倒的であった。

試合と試合のあいだはかなりあいていて、ことに大平剣の上のほうの試合のあいだには大闘技場は別の競技には使われないことになっていたので、ひと試合が終わるごとに、係の者たちがあらわれて、白い砂を丁寧にすみずみまで掃きならし、もとどおりにたいらになめらかになるように専用のほうきでなでつけた。怪我人が出ていればその砂の上に落ちた血をきれいにし、その上にまたさらに新しい白い砂をまいてたいらにならし、そしてかなり広い大闘技場の隅々まできよめてまわった。そのあいだ、観客たちは観客席でやっきになり、じりじりしながら待っていた。

観客席のあいだを物売りがひっきりなしにまわっており、飲み物も、ちょっとした軽食も、観客席にいながらにして求めることが出来た。そして遠眼鏡の貸し出しや、日盛りには巨大な帽子の貸し出し、小さな座布団売りまであったのだが、ひと試合が終わると、どちらが勝っても観客席にはほうっという嘆声がもれ、ほっとしたように人々はざわめきだし、そして手をあげて物売りを呼んで冷たい飲み物を購入したり、ちょっとした焼き菓子だの、焼きパン、肉や魚をはさんだ軽食、なかにはクム名物の焼き麵を売りに来る売り子もいたのでそれらを買って腹ごしらえをしたりした。また、同時に、観客席は混乱を防ぐために賭け屋の出入りは禁じられていたが、観客席のすぐ外側の、大闘技場の外のところには、たくさんの賭け屋の屋台が出ていたので、あわただしくそこにかけつけて、次の試合やその次の試合のために賭けをかえたり、買い足したりするものも多かった。

それで、試合と試合のあいだがかなり長くても、席を立って帰ってしまうものはまったくいなかった。それどころか、人々は、きょう一日、完全に暮れてしまって、本当にさいごの女闘王たちの試合が終わってしまうまではここに根を生やして、この闘技場を我が家とこころえてすっかりくつろいでいた。

たいへんな人出だったので、さしも広い大闘技場もぎちぎちに混み合っており、それだけでも、のんびり足をのばしたり、くつろいだりすることは出来なかったが、それでも、その席に座ったまま、飲み食いも飽きてうたたねをして試合のはじまるまでの無聊をごまかしているものもいたし、友達をみつけてそちらに移動しようとひと騒ぎを起こすものもいた。また、ちょっとしたいさかいも当然しょっちゅう起こっていた——なにせ、見ているものはきわめて戦闘的な闘技大会だったのだし、それに賭けをしている上、飲み物売りは酒類を売ることもまったく禁じられていなかったので、かなりきこしめしている客もおり、それでしょっちゅう、酒が入って気の荒くなった客どうしの罵り合いや、試合の結果がひきおこすいさかいがたえなかったのだ。

が、タイスでは「自分でおこした騒ぎは自分で尻をとれ」ということわざもあって、あまりみなは気にとめなかった。剣を持って入ることは危険なので観客たちには禁じられていて、入口のところで、武器はみな取り上げられた。でないと賭けに負けた興奮と怒りのあまり、賭けに勝ったものを傷つけたり、また、ひきあげてくる闘士にさえ刃をむけるようなものが出かねなかったからである。それで、観客席のなかでは、武器はなかった。せいぜいが焼き肉を刺してあった長い串くらいであったが、さすがに武闘大会がこれほどさかんなタイスだけあって、酔っぱらいが暴れ出せば、誰かしらが仲裁したりひきとめたり、とりおさえたりしてくれた。それでも駄目な場合にそなえて、闘技場の中には専門の警備員も大勢常駐していたので、本当に危険になれば、警備員の手でつまみ出されてしまうことになっていた。

つまみ出されれば二度と入場することは出来ない。それで、人々は、次の試合を見逃すような危険をおかすつもりはなかったので、うっぷんのあまりいさかいは起こしても、あまり大暴れはせず、取り押さえられるとすぐにおとなしくなった。そして、怒ってますますぐびぐびと酒を飲み出すくらいが関の山であった。

豪勢な天蓋と屋根つきの特別桟敷にはおえらがたと著名人たちが観戦していたが、大半の市民、観光客たちは、両翼の一般席におとなしく腰をかけて観戦していた。そこからだと、かなり闘技場の中央は遠かったので、水晶を磨いたレンズをいれた遠眼鏡がとぶように売れた。だが、さらに金のないものたちは、一番遠い外側の二等席や三等席で我慢していた。二等席は真正面の一番遠くの下のほうで、そこにはまだしも木製のベンチがずっとすえられていたが、三等席ともなると、もう、それはななめにあがっている傾斜にちょっとだけお尻をあずけるための階段を作ってある、その上にじかにすわっているような場所であった。お尻が痛いので、そのへんの人々はみな敷物を持ってきてその上に座り、売られている高い座布団には手を出さなかった。

食べ物もそのへんでは売れ行きが悪かった——場内で売っている食べ物は高かったの

で、みな、家から弁当を作ってきたり、あるいは闘技場に入る前に、町で安い屋台の食い物をしこたま買い込んでいたりしたからである。ここからだと、まさに、闘技士たちなど、豆つぶのようにしか見えなかった！

それでも、場内に入れた連中はごくごく幸運だったのだ。この大闘技場の総収容可能人員数は公表では二万人で、おそらくそこに今日は三万人近くは詰め込んでいたのだろう。だが、タイスに押し掛けてきた観光客たち、賭けをなりわいとするものたち、そして準決勝の入場券を手に入れられるほど運のよくなかったタイスとその周辺の住民たちのほうは、すべてをあわせれば五、六万人にのぼっただろうと思われた。この時代、百万都市といわれる大都市は世界にもいくつもない。サイロン、クリスタル、そしてアルセイス、ルーアンといった首都クラスの都市でも、ようやく百万をこえるくらいで、タイスなどは、ウラの職業についているものや旅人や、また一時的にタイスで興行しているものたちもきわめて多いから正確な人口などは調べようもないが、ざっと数えて五十から六十万人というところだろうと云われている。そのタイスの人口の、五十万人と見積もってもそのなかのおよそ二十分の一がただひとつの大闘技場に殺到しているのだ。

そして闘技場に入ることの出来なかったものたちも、当然賭けには参加したり、あるいは別の場所でこの試合の成り行きに注目したりしていたので、タイスじゅうのいたるところに「お知らせ屋」が出動して、仲間が闘技場からいろいろな手段で使いを走らせて教えてくれる試合の結果やその評判、ようすなどを、興奮してまるで目の前でそれを見ているかのように拳を握り締めている客たちに「お知らせ」してやるのだった。それが、ただちに賭け屋たちの商売に直結していたのはもちろんである。

当然のことながら「お知らせ屋」がかけつけるには、闘技場から近いほど、早くつけたから、入場出来なかった不運な闘技愛好者たち、賭けに溺れた連中は極力早く試合結果を知って次の賭けに入るために、なるべく闘技場の近くへと押し掛けていた。タイス市立大闘技場はその周囲には石畳をめぐらし、高い塀で囲んであったが、その塀にへばりつくようにして賭け屋やお知らせ屋たちの屋台がずらりと並び、その人出を目当てにした食い物屋、飲み物屋の屋台もむろんあり——と、あたかもそのあたりは、「門前町」の様相を呈していたのであった。そうして、入場券を手に入れられなかった客たちはその屋台のまたまわりで、敷物をしいたり、あるいは直接石畳に座り込んだりしながら、目の前にそびえている巨大な闘技場の白い石壁をにらみつけ、そこからわあっと洩れてくるおびただしい観衆の怒号や絶叫、歓呼の声などに耳をそばだてて、いったい闘技場のなかで何が起こっているのか、どんな試合がくりひろげられ、どういう結果が起きているのかをなんとか早く知ろうと、壁を透視しかねまじい勢いで拳を握り締めているのであった。そうした人々のお楽しみこそが、例の「勝利者の行進」であったことはお察しの通りである。

だが、どちらにもせよ、この大平剣の部の準々決勝はさほど大きな賭け率の変動はもたらさなかった。この準々決勝の他の競技者たちは、みな気の毒にも「とりあえずの場つなぎ」とみなされていて、この四試合で、もしも賭け屋たちがひっくり返るような驚天動地の大変動がおこるとしたら、それはただひとつ、「グンドがエルムに敗れる」場合だけだっただろう。ほかは、ルロイ・リーがユー・リンに勝とうが、ファン・ホーがアルカムイに敗れようが、黒毛のアシュロンがエルロイ・ハンを打ち負かそうが、本当は、たいした問題ではなかった。賭け率そのものもたいした問題ではなかったし、それに「どうせやつらはみんなグンドに負けるだけなんだ！」というのが、賭け屋たちの一致した意見――ないし願望であった。なかには、どうせグンドが勝つに決まっているのだから、いっそそれまでの試合はまったく別ものとして、本当のお目当てのグンド対ガンダルの試合だけを早くやればいいのに、とさえ口に出すものもいたのである。もっともそれでも、「もしもエルムがグンドを負かせば」という超大穴中の大穴に大金をつぎ込む、一攫千金好きもいたのであった。

だがほかの準々決勝通過者たちが、どちらにせよ、「ガンダルにはまったく敵すべくもない」というのは、闘技通の誰もが認めているところであった。かれらは大体、昨年、一昨年の闘技会にも出場しているベテランたちで、そのときにはけっこうあっさりと《青のドーカス》や、昨年の不運な準優勝者、毒杯を飲まされてしまった気の毒なサバスなどに負けたのである。それが、どうして今年だけ突然激烈に強くなるということがあり得ただろうか。

グンドの魅力はつまるところ「未知数の魅力」でもあった。もっともタイスの四大剣士をみな簡単に打ち負かした、という事実の裏付けがなかったら、未知数の魅力だけでこれだけの人気を集めることは出来なかっただろうが。

「グンド、グンド！」

「豹頭のグンド！」

「早くグンドを出せ。グンドの試合を見せろ！」

ひとつ前の試合が終わると、ひとびとの熱狂はどうやら頂点まで高まりはじめていた。かれらは、大声で怒鳴りはじめ、グンドの名前を呼ぶだけではなく、早くやれと叫びはじめていた。次々に繰り広げられる荒々しい戦いの興奮が、どんどん積もってゆき、しかも御神酒の酔いのほうもどんどんつのっていったのだ。それで、ほかの試合と試合のあいだとまったく同じ時間ではあったのだが、「グンド対エルム」の試合の前というのは、ほかの試合のあとよりもすこぶる時間がかかっているように感じられたので、客たちのなかには、待ちかねて、立ち上がって拳をふりあげてグンドの名を呼ぶものがあらわれた。

すると、ただちにそれに呼応するものが、あちらの特別桟敷でも、こちらの一等席でも、こちらの二等席でもあらわれた。そうなると、たちまち、興奮した客たちが、あちらでもこちらでも立ち上がって手をふりまわして叫びはじめた。

「グンド、グンド！」

「グンドを出せ！　グンドを見せろ！」

「早く試合をはじめろ！　グンドを出せ！」

「グンド、エルムをやっつけろ！」

そう叫ぶものも多かった。これは、気の毒な罪もないエルムにしてみれば、けっこう意気沮喪させられる声援であったことだろう。もうすでに、例によって、二人の闘技士たちは、東と西の待合室に入れられて、さだめの手順をすませて、じっと出場を待ちながら、頭の上に往来する津波のようなこれらの歓声を聞いていなくてはならなかったからである。

だが、ついに、試合開始の予告の鐘が打ち鳴らされた。これで観客の興奮は頂点に達した。

「グンド！　グンド！　グンド！」

「エルム！」

「グンド！　グンド！」

のどもかれるばかりに叫び続けている、いまや総立ちになった人々の前で、さらに耐え難いほど長く思われたさいごの五タルザンが過ぎて、試合開始の鐘が打ち鳴らされた。

「東、タイス闘王位一位、グンド！」

グンドの名が、拡声器で告げられるやいなや、耳を聾せんばかりのすさまじい歓呼と絶叫が大闘技場を埋め尽くしたので、闘技場の外の石壁にはりつくようにして、いまや遅しと待ちかねている賭け屋たちや、外の群衆にも、「これからはじまるのだ」ということがはっきりわかった。

「西、ルーアン闘王位第四位、エルム・カラハン！」

こちらにも一応おざなりとはいい難い拍手が熱心に送られたのは、エルムの贔屓がいたというよりは、とにかく一刻も早く人々が「果たしあい」が見たかったからであった。

特別桟敷の貴賓席で、若いタリク大公も、またクムの宰相エン・シアンも、もちろんタイス伯爵一家も興奮して手をふりあげて叫んでいた。タリク大公はエルムの小屋主ではなかったが、「ルーアン頑張れ！」とひっきりなしに叫んでいて、自分がクム大公である、などということはすっかり忘れてしまったかのように見えた。また、少なくともいまこの時点においては、タリク大公も、タイス伯爵やアン・シア・リン姫でさえ、当面のかれら自身のそれぞれの恋だの野望だの目的だの、そういう「この試合以外のこと」は一切忘れてしまったかのようであった。それほどに、かれらはやはり、クムの民だったのであった。

大歓声をあびながら、おもむろに東西の選手用控え室の扉があけはなたれた。ここを先途とばかりに、大歓声の津波が最高潮に高まってゆく。だが、闘技場にあらわれ出たグインの姿を見たとたん、人々は、まるで何かに打たれたかのように息を呑んだ。

この瞬間に、生まれてはじめてタイスの闘王《グンド》を見たものももちろん、たくさんいたのであった。タリク大公たち、ルーアンからの賓客たちは、祝宴の席では何回も見ていたが、こうして闘技場の砂の上、つまりは「本来のすがた」を取り戻す彼を見るのははじめてであった。

「あ……」

なんとなく、人々は、うたれたように鼻白んだ。グインはいつものとおり、短い革マントに剣の上帯をしめ、胴体をしっかり巻く革のサッシュに剣帯をつけて大平剣をつるし、豹頭に何の表情も見せずに悠揚迫らぬようすで白砂の上に出てきた。

時刻はそろそろ夕方が訪れてこようかというあたりであった。太陽は真昼の高さと明るさを少し減じはじめていた。だがまだ明るいそのなかに、遠目にも鮮やかな黄色地に黒い斑点をちりばめた豹頭と、たくましく見るからに均整のとれた大柄なからだをあらわにして、豹頭の戦士があらわれたとたんに、人々の怒号は、波がひくようにやんでしまった。

が、その一瞬後に、まるで、波がまた襲いかかってくるように、ふいにこんどはさらに前の数倍の熱烈さを取り戻して、「グンド！　グンド！」という歓呼の声が、悲鳴のように大闘技場を埋めた。

不運なエルムはその大歓声のなかに出てこなくてはならなかった。それだけでも充分に圧迫は感じていただろう。だが、エルムはそれでも、充分に経験をつんだ古株の選手らしく、堂々と胸を張って出てこようとした。エルムはかなり大柄で――といってもグインには当然、比すべくもなかったが、タルーアンの血をひく、というふれこみどおり、かなり赤っぽい茶色の髪の毛を長くしてうしろにたばね、体格もそれなりにごつくがっしりとしてよく筋肉も鍛えていた。グインと同じ格好をしていたが、ただ、胴体に巻いた革のサッシュは漆黒であった。そして、額には、細い革の同じ黒い鉢巻きをまいていた。

顔にもからだにも、小さな古傷のあとがいくつも見られた。人々は礼儀正しく、エルムの登場にも拍手した。それが礼儀でありもしたし、また、闘技に関するかぎりはクムの人々はけっこうロマンチストでもあったし、また、エルムはそこの特別桟敷で見物しているタリク大公のお膝元、ルーアンの選手である、ということも充分に影響していたのである。エルムはその礼儀上の歓声に対して礼儀正しく一礼して答えた。

いつもの例のいくつかの儀式、宣誓やお辞儀や申し渡しなどが、いつもどおりきっちりとおこなわれた。さんざん待たされ、焦らされた観客たちは、焦慮のとりこのようになっていた。もうこの上に何か試合の開始をさまたげることでも起きたら、暴動が起きかねまじい勢いで、かれらは、二人の戦士が剣をまじえるその瞬間を待ちこがれていた。

だが、かれらの期待を裏切って、驚くばかりに試合経過はあっけなかった。

「はじめ！」

審判の合図一下、ただちに広大な白い砂をしきつめた闘技場の真ん中に進んだグインとエルムであったが、次の瞬間、グインの剣がひらりとさやからぬきはなたれ、エルムの剣を払っていた。さすがにエルムもルーアン第四位選手の面目を見せてかろうじて踏みとどまり、このグインの猛攻を受け止めた。たちまち猛烈な打ち合いがはじめられたが、しかし、あっという間にエルムはうしろへ下がりはじめた。そうしながら、エルムの顔に浮かんでいたのはきわめて純粋な驚愕の表情――たったいま、自分の上に起きていることが信じられない、というような表情でしかなかった。

そのまま、ぐいぐいとグインが剣をふるいつつエルムを特別桟敷の下のほうへむかって追いつめてゆくと、こんどはエルムの顔にはみるみる焦りの色が浮かんできた。だがどうすることもできなかった。あっという間に、一合とは打ち合わぬうちに、エルムは深々と踏み込んだグインの一撃に剣を空中高くはねあげられ、そしてなおも驚愕の色を浮かべたまま、「参った！」と叫ぶはめになったのであった。

わあっ――わあっ――と絶叫しつづける観客たちの怒号はもはや、大闘技場を飲み込みつくした津波のようであった。

その津波にまぎれて、エルムの叫びをきいたものはおそらく、特別桟敷の一番前の客たちでさえいなかったに違いない。

「信じられん」

エルムは審判のうちふる勝敗の旗のもとで、係のものに連れ去られながらさえ、まだ茫然としたままだった。

「お前は本当に人間か。お前なら、ガンダルに勝つかもしれん。こんな――こんな剣勢など見たこともない。こんな強いやつがこの世にいたのか。お前は、いったい誰だ」

エルムのその、茫然とした叫びが、もしかしたら、大闘技場を埋めてひたすら「グンド！　グンド！」と怒号している観客たちすべての同じ心の叫びであったかもしれぬ。ルーアン闘王第四位、エルムでは、まったく相手にならなかった。まだしも、《青のドーカス》のみせた試合のほうが――さすがにこちらはタイスでの第一位でもあった――すでにそれを見ているタイスの観客たちにとっては、充実したものであった。最も驚愕していたのはルーアンからきた、はじめてグインを見た人々であったに違いない。

「グンド――グンド――グンド！」

潮騒のような絶叫は、グインが丁重に一揖して競技場を去ってからも、まったくいつひくともしれなかった。

3

人々の驚愕と感動は、なかなか去りがたいようであった。

観客の心理をよく知っている運営委員会は、グンド対エルムの試合をこの日の日中の公式試合のさいごにまわし、夜間に特別試合としてリナの出場試合をまわしてあったが、そのようなものでなかったらとうてい、他のどんな試合も観衆の心をひきつけることはとても出来なかったに違いない。事実、美人女闘士のたたかい、というかなり見物なものであってさえ、もうグンド戦で満足してしまって、はやばやと大闘技場を抜け出して夜の部の遊びや食事に出かけてしまうものも少なくなかったのだ。

いたるところで――大闘技場の中でも、またその外側の塀にへばりついた屋台のまわりでも、そしてまったく闘技場とははなれた市中のあちこちでさえ、「グンドがいかに凄かったか」という話がひっきりなしに繰り返されていた。時間がたつにつれて、女闘王位戦を見るまで辛抱しきれなくなって出てきてしまった連中が、ロイチョイや、またほかのあらゆるところで実際に自分の見た試合の話をしはじめたので、完全に日が暮れてタイスに夜が落ちてくるころには、すでに、タイスの人々の半分以上が、「本当にその試合を目の前で見た」ような気分になるくらい、「グンド対エルム戦」についてよく知るようになってしまっていた。もちろん、それはこうした話のつねで、いやというほど尾鰭がついていたのも当然である。

いつのまにか、グインは、わずか数秒《タル》でもののみごとに大男のエルムを片付けたことになってしまっていた。

「お前、そりゃたいへんなものだったんだぞ。なにせ、あのエルムってやつはな、たいそうでかくてそれは強そうな奴なんだが、出てきてグンドを見た瞬間に真っ青になったのが、あの広い闘技場の一番上からだってわかったくらいだったんだからな」

「それじゃあそいつはまるで藍染めのように青くなったに違いないな、そんな遠くからでも見えたくらいだったら」

「ひとをおちゃらかすもんじゃねえ。それほどやつは震えあがった、って話じゃねえか。――そうして奴はもう、グンドを見るなりおそれてひたすら逃げまどったんだ。それをグンドは大剣を片手にぐいぐいと追いつめてゆく――じっさい、たいへんなものだったぜ。まるで、南のランダーギアの密林のなかで一頭の巨大な豹が怯えるエルムの大将を追いつめてゆくみたいだったんだ。エルムは本当に、何ひとつ手向かいも出来ないまま、壁際まで追いつめられて、かろうじて何回か剣を打ち合わせたものの、そのときにはもうすっかり気力は萎えてしまっていたんだな。そうして、もう、いきなり剣を投げ出して叫んだんだ。『参った！　助けてくれ、命だけは勘弁してくれ！』とな。それをきいたら審判たちも嘲笑って白い旗を東にむかってうち振らないわけにはゆかなかった。それで、あっさりと、グンドの勝ちが確定してしまった、ってわけだ。なにせ、あいつは凄いぞ。ほとんど剣をまじえさえしないで、かりそめにもルーアン第四位だというエルムをあれほど怯えさせたんだからな」

「それじゃ、お前、今度こそガンダルの王座をおびやかす奴があらわれたってわけかな！」

「ああ、おおいに期待していいのじゃねえか。おまけにそのたくましいのなんのって、遠くからみたってそのすばらしいがたいのすばらしさが充分わかるくらいにみごとな筋肉でな。奴はタイスに闘神マヌが下された宝物だ。きっと奴ならあのガンダルをさえやっつけてくれるに違いない。俺はこれから、ガンダル戦のガンダルの負けに賭けるヨッサ・モッサに、もうちょっとつぎこんでくるつもりなんだ」

「そりゃすげえ」

似たような話が、いたるところでかわされていた。そうして、時間がたてばたつほど、「グンド」は巨大に、そしていよいよ強く、そしてあっという間にエルムを恐れ入らせてしまった、といううわさ話は膨大に誇張されてゆくばかりであった。さいごには、それこそ、グンドは身のたけ二タールではきかぬ、三タール近くもある、ガンダルさながらの化け物にされてしまっていたのである。

闘技場から出てきた人々はそのように興奮してあちこちにグンドのうわさ話をまきちらした。これは、そのへんをうろちょろしていろいろと情報収集と、同時に祭りを楽しむのに余念のなかったブランの耳にも当然入ったので、ブランをおおいに楽しませたが、同時にいささか心配にもさせた。あまりに、ガンダル戦を待たずして、そこまでグンドの人気が高まってしまうことは、グンドに注目が集まりすぎて、ますます動きにくくなるのではないか、と案じられたのだ。脱出するにしても、いろいろと大変になるのではないかと、ブランはひとりで取り越し苦労をしていたのだった。

そのあいだに、タイスには今夜も平和に夜が訪れていた——もっとも相変わらずのどんちゃん騒ぎの「祭りの夜」ではあったから、平和といってもそれは「静かな」ということは意味してはおらなかったし、それに、祭りがもう後半に入ったもので、みな、ひとびとはここぞとばかり遊び狂おうと、いよいよ夜ふかしになっていたし、いよいよ町はにぎわっていた。ことにマイヨーナ広場に向かう、マイヨーナ通り周辺を中心に、いよいよたくさんの芸人たちが登場してきたので、祭りはそろそろ最高潮の前段階を迎えたといってもいいくらいであった。

そうして、夜を迎えると、大闘技場には、いたるところにぱっとランプと燭台のロウソクに火が入れられ、巨大なかがり火がたかれて、夜間試合の準備がなされた。いかに気候温暖なタイスでも、夜ともなるとちょっとは肌寒くなるので、人々はそれぞれにちょっとした夜の支度をした——持参してきたショールにくるまったり、上着を羽織ったり、ということで充分だったのだが、なにせみながみな、クムふうの肌もあらわな格好をしているのだから、この用心はそれぞれにけっこう重要であった。もっとも男たちのほうは、そういう外側の用心ではなく、「内側からあたためればいい」とほざいて、火酒やはちみつ酒を買い足すだけの連中も少なくなかった。

夜に入ったのでまたしても、食べ物売りが繁盛し、あらたにもうちょっと手のこんだ食べ物も持ってこられて売られた。同時に、酒売りのすがたがぐっと増えた——夜の闘技場での試合は、もう半分ロイチョイ気分で、美人闘技士が戦うのを、酒を片手に眺めて楽しもう、というものたちが多かったのである。

もうとっくにロイチョイへくりだしていったものも多くいたので、闘技場の観衆も半分くらいに減って、あれだけぎちぎちにつめこまれていた座席もずいぶんとゆったりからだをのばせるようになっていた。女闘技士の試合には、男の闘技士たちのそれにはなかった特徴があった。いまの試合に出るものたちだけではなく、有名な女闘技士たちの肖像画を粗悪な紙に印刷したものや、かなりいい紙に刷ってまとめて本のようにしたものなどが、それ専門の売り子によって売り歩かれたのである。女闘技士たちは、女芸人としても見られていたので――もっとも美人はめったにいなかったのだが――肌もあらわな格好で、だいぶ実物よりも美化されて絵に描かれ、それによってずいぶんと人気の出るものもいたのだった。

もちろんリナが一番人気だった。そうして、闘技場がきれいに掃き清められ、また、夜の試合にふさわしく、まんなかに低いやぐらが組まれてその四隅に大きな松明がつけられ、かなり広くはあるけれども限られたリングのなかで女たちが戦うように調えられた。そして試合までの長い時間を、観衆を退屈させないよう、タイス伯爵と運営委員会のはからいで、間狂言ともいうべきいろいろな出し物が用意されていた。

ここでも芸神マイヨーナは大活躍をしていたのだった。遠くからでもわかるような巨大なこっけいな仮面をつけた悪役と善役がちょこちょことあらわれて、大袈裟な身振りで簡単なこっけい劇を繰り広げた。そうしてみごとな習練のたまものをみせて、とびあがったり、空中で回転したり、相棒のさしのべる手に足をかけて飛び上がって後ろ向きに一回転したりした。こうしたこっけいな寸劇の芸人たちは、『笑劇』役者と呼ばれていて、またいろいろなからだを動かして演じる軽業芸のほうは『アイヨー』という名前があった。この『アイヨー』もおおいにクムでは人気があって、ひとりでぽんぽん宙返りするだけでなく、相棒の肩に飛び乗るやら、その相手がだんだん増えていって、ついには十人ばかりでみごとに組んで軽業の極致、ともいうべきものを披露すると、酒を飲みはじめてすっかりくつろいでいた観衆は大喜びでおおいにかっさいし、知っているものはそのひいきの芸人の名を呼んでどんどんおしみなく金を白砂の上に投げた。すると、いそいで係の者たちがそれをほうきでかきあつめて、アイヨー芸人たちに渡すのであった。かれらの人気の多寡や芸の評価のされかたが、ただちにその投げ銭の量に投影される、というしだいであった。

そしてついにそれらの芸人たちもみんな引っ込んで、みながワクワクしているところへ、試合の開始が告げられて、女闘士リナと、ロン・タイとの対戦となった。これに勝ったならば、もう私怨に燃えている女闘王ホンファとの決勝試合までは、あと二試合をあますのみであった。

グンドの戦いぶり――というほどの戦いぶりをグインが披露したわけではなかったのだが――を楽しんだ観衆はまた、今回はおおいに女闘士リナの試合を楽しんだ。こんどはなかなか見応えがあった。どちらも肌もあらわな格好だったし、顔はともかく体格はロン・タイもたいへん雄大だったので、胸はみごとに盛り上がっていた。リギアもたいへん立派な胸を持っていたので、そのゆたかな胸を包み隠すにはあまりに小さな女闘士のお仕着せから、どちらの闘士も胸の谷間がふんだんにこぼれていて、観客たち、ことに男たちを喝采させた。試合はむろんグインのそれほどにあっけなくはなかったものの、だが、充分にあっけなかった。

「このあばずれめ、その美人ぶったつらを切りさいなまいてなますにしてやる」

ロン・タイは出てくるなりおおいに吠えたてて、客たちを楽しませたが、しかし、実際の勝負に入ると、ロン・タイでは、リギアの相手になるにはいささか物足りないことが明らかになった。三合と打ち合わぬうちに、リギアは落ち着いた足さばき、剣さばきでこの《黄金の牝獅子》を追いつめてしまった。

もっともリギア自身は、最初に顔を見た瞬間から、おのれの勝利についてはまったく何の危惧も持っていなかったのだ。というのは、最長老というだけあって、じっさいに目の前にしてみたところ、《黄金の牝獅子》が、自分で公称しているよりもさらに年をとっていることがはっきりとわかったからである。顔のしわにはおしろいをたたき込むようにして隠していたが、染めたらしい金髪の根元も明らかに、かつては黒を染めていたのだろうが、いまは白髪を染めているほうがはるかに多いようすであった。

それを見てとるとリギアは巧妙に、あまり初手から荒々しく戦わずに、足をつかってかるがると逃げ回り、ロン・タイをいっそうやっきにさせた。だが、最初怒り狂い、怒鳴りちらしながらリギアを卑怯者呼ばわりしていたロン・タイは、二合もそうされると息があがりはじめた。リギアの読んだとおり、もう年で、長期戦にはなかなか体力が続かなかったのだ。ことにリギアは逃げるだけではなく、ひょいひょいとふところに飛び込んでは剣を打ち合わせて消耗させたので、なおさらであった。

そうして、すっかり肩で息をするようになった《黄金の牝獅子》を、リギアは頃やよしとみるとすかさず飛び込んで思いきり剣をはねあげ、同時に剣の柄尻でみぞおちを突いて、ロン・タイを失神させてしまった。四隅にあかあかとかがり火を燃え上がらせている夜間特設リングの隅に、《黄金の牝獅子》が長々と伸びてしまうと、たいへんな歓声がまきおこり、リギアは剣を差し上げて余裕のポーズをとった。

「リナ、リナ！」

「格好いいぞ！」

「女闘王だ、女闘王だ！」

「美人だぞ！」

当然のことながら声援は圧倒的に男性の声が多かった。

これでリギアも準々決勝に進んだのであった。前の試合で、やはり七人の女闘士が各地から準々決勝に残っていたので、この日さいごの出し物として、大闘技場のまんなかに抽選箱を持ち出して、まだ帰らずに待っている観客たちの前で、明日の主立った試合の組み合わせが抽選で決定された。

リギアの相手は、明日は「ルーアンの牝猿エーラ」という、ルーアンの女闘士に決まった。そして、人々の非常な注目を集めるなかで、さいごに大平剣の部の準決勝の組み合わせが発表された。

「黒毛のアシュロンに対するは、ルロイ・リー」

係が大声で発表するやいなや、わあっと場内はわきかえった。当然、残るひとりがグンドの相手になるわけだからである。

「アルカムイに対してグンド！」

すでにわかっていた結果が発表されると、ますます場内はわきかえった。

「カムイラルの星だ！」

「奴は強いはずだぞ。エルムみたいなことはないだろう」

「明日はいくらグンドでも、ちょっとは手こずるかな」

「なんのなんの！」

「明日も来るんだろう」

「決まってる、何があろうと決勝まで見ずにおくものか」

人々は興奮しながら叫びあい、そうして明日の入場券を持っている運のいいものはそれをふところに確かめ、そうでないものはなんとかしていかさま入場券屋に頼んででも手にいれようとあわてて帰りを急ぎはじめた。

もっとも大半の観衆にとっては、まさにこれで夜の開幕というもので、リナの勝利を見たのをさかなにたっぷりと一杯やり、うまいタイス名物をくらい、そうして女郎屋に乗り込もうというのが、ほとんどの連中の計画であった。ことにロイチョイでは女闘士は人気があるので、リナの勝利試合を見てきたといえば人気が集中することは請け合いだった。

大闘技場の外にはぞろぞろと歩いて出てゆくおびただしい人波が出来、警備係の騎士たちが声をからして、馬で行き来しながらかれらに列を守らせようとしていた。闘技場のなかも、いちどきに出るにはあまりにも入口が小さかったので、ぎっしりと列が出来ていて、またみんなそれまで飲んだり食ったりしていたものを始末したり、敷物をたたんだり、まる一日過ごした後始末が大変だったので、なかなかはけることが出来なかった。最後のものが闘技場を出るには一ザンくらいもかかってしまいそうであった。

先に出てきたのは、当然外側の座席にいたものたちだった。その連中、ことに一番特別席に近い、正門の近くに座っていたものたちは、グンドが帰城する馬車を見られるのではないかと、おしあいへしあいして、なるべく長いこと止まっていようとするので、うしろから、早く出たがって押してくるものとのあいだにすぐにいさかいがおきて、そこもそこで大騒ぎであった。

そのときだった。

「おおっ……」

誰かが上を指さしたので、みな、はっとなってその指さされたほうをみた。

「見ろ。あれを」

「うわ……」

「マーロールだ。あれは《白のマーロール》だぞ！」

「試合を見に来たのかな。今日はマーロールの出る試合はなかったはずだろう」

「うわあ、すごいところに立っているな……」

それは、まさしく、《白のマーロール》であった。

真っ白なマントに細身を包み、銀髪を靡《なび》かせ、あやしいエメラルド色の瞳をきらめかせたぶきみな異形の貴公子は、こともあろうに、そこからちょっとでも足を踏み滑らしたら命はあるまい、という、正門の両側のひときわ高くなっている、望楼型の上に見張り用のほんのささやかなたいらな場所のある塔の真上に、両足をその望楼のへりの石にかけてふわりと立っていた。まるでそのすがたは、白い巨大な鳥がそこに舞い降りてちょっととまったようにしか見えなかった。

「な、何しにきたんだろう……」

「偵察かな」

「だが、マーロールは今度はグンドともやらないだろう。ましてや、リナとは」

「というか、マーロールはもう、勝利は決まっているんだろう」

「いや、マーロールはこないだのグンド戦で負傷したから、今回は特別試合にしか出ないという話だったはずだけどな」

「すごい。真っ白だ……」

「綺麗だわ。ほんとに、《白のマーロール》なのね……」

足元はるか下での群衆のとりざたなど、オロイ湖の潮騒とさえきこえぬようすで、マーロールは白いマントを夜風にたなびかせて、望楼の上に立っていた。その白い端麗な顔は何を見ているものか、あやしいかすかな微笑をさえ漂わせながら、はるかに足元にひろがるタイス——そして、大闘技場のうしろに見上げられる紅鶴城の夜景にむけられているようすであった。

「マーロール！」

贔屓のものがいて、声をあげはじめると、たちまち皆が和した。

「マーロール！　マーロール！」

「白の貴公子！」

その歓声にも、マーロールは答えなかった。手もふらず、返事もしなかったが、ふいに、ふわりとそのからだが宙に浮いた。

「きゃああ！」

御婦人たちが悲鳴をあげて顔をおおった。マーロールが足をすべらせたのか、と思ったに違いない。

だが、マーロールは、自分の意志で跳んだのだった。およそ四タールもありそうなその望楼のてっぺんから、白いマントをまさしく白い巨大な鳥の翼さながらにはためかせ、ひらりと舞い降りたのだ。

「わああっ！」

「あ、危いっ……」

人々が叫び、女たちが悲鳴をあげるなかを、何事もなかったかのように、マーロールはふわりと、あわてて人々がよけて大きくそのあたりにすきまのあいた、正門前の広場に、たくみに一回転してマントをつかんで優雅に飛び降りた。

どうなることかと固唾を呑んでいた人々はわっと安堵と感嘆の喝采を送った。だが、それにもマーロールはまったく注意を払わなかった。

けおされて見つめる群衆など存在しないかのように、ヒスイ色の瞳をきらめかせ、美しい冷たい顔を無表情にひきしめて、マーロールはそのまま石畳の上を歩き出した。人々はわっとふたてにわかれてその白い、神々しいまでに純白に包まれたすがたを通した。

茫然と見とれている人々に見とれさせたまま、マーロールはかつかつとちょっとかかとの高い白いブーツを鳴らして、石畳を歩いていった。マントがふわりとひるがえる。もう、うわさ話を口にするものさえいない。

観光客たちが驚愕と驚嘆の目で見つめる中を、マーロールはしなやかに、相変わらず肩に細身の鞭を巻き、レイピアをさげたまま大股に歩いていった。マーロールが通り過ぎるとふわりとあやしい没薬のかおりがそのあたりに漂った。

もう、グインにつけられた傷などはものともしておらぬようすで、腕を吊ってもおらず、また中では包帯をしていたのだろうが、たっぷりと袖のふくらんだ、厚地の白い錦織の上着が、それも隠してしまっていた。マーロールはこの肌のあらわなのが一般的なクムの夜にあるまじきほどしっかりとからだを包み込んでいたが、それでもこの夜でなければ外に出てくることは出来なかったのだろうと思わせた。それほどに、着ているものや銀髪だけではなく、あらわれているわずかばかりの、顔や首の肌もあまりにも白蠟のように白かった。それは、日の光をあびることを知らなかったものの肌のようであった。

人々に見つめられたまま、どんどんまるで海がふたつにわかれるあいだを歩いてゆくようにマーロールは歩いてゆき、待たせてあったとおぼしい馬車のところまでくると、ひらりと飛び乗った。その馬車は黒いフードをふかぶかとかぶった小柄な御者が御しており、マーロールが自ら馬車の戸をしめると、黒鹿毛二頭がただちに走り出して、一瞬で、馬車は人々の目に鮮烈な記憶だけを残してかけ去っていった。

「マーロール……」

「うわさどおりなのね……なんてふしぎな……なんて綺麗なひとでしょう……」

「でもとても冷たい顔をしているのね」

「目が素晴しい緑玉のようだったわ……」

「何しにきたんだ、あいつは……」

「グンドを見に来たんだ。そうにきまってる。あいつはグンドには恨みがあるんだから」

「ああ、怪我をさせられ、面目をつぶされたんだな。だが、いま偵察したところで、どうせ大平剣はマーロールには持てないんだ。この闘技会では、対決することは出来ないだろうに」

「だが、この闘技会が終われば、そのあとで、こんどは異種闘技会があるからな。そのときのために、グンドの偵察におさおさおこたりないのじゃないか？」

「やる気充分だな。こりゃあ、荒れそうだな」

「それにしても驚いた。《白のマーロール》といえば、何があってもめったに——ガンダルと同じほど人前に出てこないので知られていたんだからな。こんなところで、あんなに近々と有名な《白のマーロール》を見られるなんて、ものすごい幸運だ」

「こりゃあ、ますます明日のグンドが見逃せないな」

がやがやと取沙汰しながら、ようやくマーロールのもたらした衝撃からさめて、ひとびとはまた歩きはじめる。うしろから、また、あわてて警備の騎士たちが追い立てて先を急がせようと鞭を空中にまわせて怒鳴りたてている。

グンドの第一試合はそのようなわけであっけなく終わった。あまりにあっけなかったので、かえってそれは、ひとびとに海の水を飲んでもかわきがいえない、というような飢渇をひどくさせただけのことであった。だが、効果のほうはまことに絶大なものがあった。ますます大勢のものが、何がなんでもグンドをひと目、一回だけでも、決勝戦、ガンダル戦は無理でも見たいものだと、闇券売りに殺到したり、哀願したりしていたのである。

《白のマーロール》にひとびとが気を取られていたあいだに、だが肝心のグンドのほうは、馬車の窓も戸もぴったりと内側からとざしたまま、とっとと紅鶴城に帰城してしまったらしかった。凱旋行列でグンドをもう一度見ようと待っていた連中はすっかりあてがはずれることになったが、ロイチョイがかれらを待っていた。いよいよ、水神祭りはそのさいごの盛り上がりにむけてひた走りはじめていたのである。

4

そして、もうこうなれば、まるで奔流のように、時はゆきつくべきところめがけてほとばしりはじめていた。

その夜もロイチョイでも、またタイスのほかのいたるところでも、夜通し人々は盃をあげて騒いでいた。そうして、一夜眠ろうともせず、床にも入らずに遊びほうけていたものたちも少なからずいた。

いよいよ、十日間の水神祭りも「あと四日」をあますのみとあって、七日目の朝があけるのももどかしく、人々は最後の体力をふりしぼってあちこちの神殿に繰り出した——もっとも、じっさいにはこのへんがまた同時に、五日目、六日目、七日目と、祭り疲れの頂点でもあって、疲れはてて道端に眠りこけているものたちの姿も一番たくさん見られるようになっていた。マイヨーナの神殿前にも、贔屓の芸人を見に来たつもりでそのまま眠ってしまうものなどがたくさん、まるで水死体のようにころがっていた。

また、いったんクライマックスにそなえて家に戻った連中も、やもたてもたまらずそろそろ戻ってくるものもあり、明日あたりからいよいよ最後の死力をつくして祭りを遊びぬいてやろうか、というたくらみであれこれ体力をたくわえているものもいたようであった——ひとつだけ確かだったのは、よほどの事情でもないかぎり、もう、誰も、「いまから」タイスを立ち去ろうとするものはいなかった。いたとしたら、よほど、深い贔屓の闘技士か芸人が敗退してもう決して出場することがなくなって、この上の決勝戦などには興味を本当に失ってしまったような連中だけだっただろう。だが、実際には、「賭け」というたいへんな問題がひかえていたから、そうやって帰ってしまうようなものはほとんどいたためしがなかった。

毎朝タイスには、新しい酒を積んだ荷馬車、新しい商品や食べ物の荷をタイスに運び込む馬車やグバーノが到着し、次々と荷がおろされてそれぞれの店へと運び出されていった。仕入れても仕入れても底なしの巨大な口が飲み干してしまうので、この時期のタイスはそれこそバスのように巨大な食欲で酒樽を積み上げ、食べ物をむさぼっていた。

湖からは毎朝、夜漁や早朝一番に網を打った猟師たちが、とれたての魚を小舟が傾くほど積み上げて桟橋につき、そうするとそこにまた荷馬車が待っていて、さっそくにそれらの魚をひきとっていった。また、いくつもの市門に近郊の酒作り農家から到着する酒の樽も次々と、待ちかねたようにひきとられていったが、いくらたくさん運びこまれても、それは夜にはすっかりからになってしまっており、朝になるとまた、あわただしく、待ちかねて財布を握り締めた小売り商たち、食堂のあるじや飲み屋の仕入れ人たちが、市門の内側にある市場に列を作っているありさまであった！

じっさい、この時期のタイスはバスも驚愕するほどの「巨大な口」であった。底なしに飲み、底なしにくらい、そして底なしに遊びまくる、巨大な浪費のかたまりであった。他の時期でも、タイスは観光都市であったから、訪れる観光客たちを相手にたえずそうやってありとあらゆるものを商って暮らしをたてていたが、この水神祭りはそのタイスにとってさえ、一年に一度のかきいれどきであったから、ほとんどの店は夜もなかなかしめず、朝は早くからあけて、なるべく稼げるときに稼いでおこうとした。賭け屋もほとんど不眠不休のありさまで、もうこのころになるともうろうとしながらもっともっと賭けるようすすめ続けて、からからにかすれてしまった声をなおも張り上げていた。

むろん十日間――とその前後の数日間までも――タイスに「居続け」する旅客も少なくなかったので、後半をねらってやってきたり、はじまりをみて、また終わりを見ようと中抜きをする、戻ってくるものたちをまじえて、タイスの人口はどんどん、後半にむけてうなぎのぼりになってゆくばかりだった。それだから、商人たちは、どれほど大胆に仕入れをしても、まず、損をする見通しはなかったのだ。

もっとも祭りがもうこれで七日も続いているのだから、けっこうその観光客たちの顔にも疲れの色はしだいに濃くなりつつあったし、事実怪我人や病人も増えてきていたし、また、疲れがたまるにつれて、闘技場などでも、いさかいがおきることが多くなってきてもいた。疲れてくると、遊びにきているとはいえ、みな、やはりどうしても苛々しがちだったからである。

それに、闘技会が後半に進んでくるにつれて、展開されるカードはより大きなものになり、それにつれて、賭け金もどんどん大きくなってきていた。また、闘技士たちにも疲れが出てきていたので、番狂わせが起きることも多くなっていた――それで、そのたびに、賭け屋と客、客と客、また、賭け屋どうしだの、さらには闇の賭け屋とのあいだのもめごとがたえなくなってきていて、警備班の騎士たちはぐっと数もふやされ、出動することがどんどん多くなってきていた。また、思わぬ番狂わせで客に損をさせた闘技士たちを守るためにも、騎士たちはおおいに出動しなくてはならなかった――大金をかけて損をした客たちのなかには、タイスっ子たちのようにあきらめがよくなくて、怒っておのれに損をさせた闘技士に復讐しようとするようなはきちがえたものもいなくはなかったのである。

思わぬ番狂わせといえば、その最大のものは、七日目の競技会が開催されて早々におこった。それは、長槍部門で優勝まったく間違いなしと思われていた、《青のドーカス》の、準決勝でのあっけない敗退であった。

これは、おおいに賭け屋たちを嘆かせもしたし、また贔屓たちを大声で泣かせもしたが、また一方では、《青のドーカス》がグンドとの試合に敗れ、またそれで申し込んだ遺恨試合にもあっさり敗退して、たいへんくさっているのだ、とうがったことをいうものも多かった。かれらは、《青のドーカス》が本当は、遺恨試合で怪我をおったか、どこかいためたかしたのだ、という意見であった。

「大体、突然長槍にしたというのがおかしいと思ったんだ。もちろんドーカスは長槍も得手ではあるが、本来やはり大平剣が一番の得意なんだからな。たとえ遺恨試合で敗れたにしたって、だったらなおのこと、ドーカスの気性なら、正々堂々と大闘技会の檜舞台でまたグンドに挑戦しようと思うはずなんだ」

事情通ぶった連中が、街角や居酒屋で、大勢の口をぽかんとあいている、あまり事情通ではない連中にいたるところで解説の演説をしたものであった。

「それが出来ないっていうのは、ただごとじゃない――つまりドーカスにとってだがな。ドーカスはおそらく、あのときどこか痛めてしまったが、それを口にするのはいまいましかったんだ。だから、からだに負担の少ない長槍で勝ち抜こうとしたんだが、やはりいたでが思ったよりひどかったんだろうな」

「ああ、その証拠に、それっきりドーカスは家に戻り、たてこもってしまったそうだ」

「このあとはたとえ決勝戦になろうがどうしようが、グンドなんか見るつもりはない、いや、ガンダル戦だけはグンドがガンダルに殺されるところを見に来てもいいが、グン

ドの姿を見るのも腹立たしいから、もうずっとこの祭りが終わるまで、引きこもってい
るつもりだ、と側近に言い残して家に帰ったそうじゃないか」
「ドーカスらしくもない。もっとさっぱりした男だと思っていたんだがな」
「つまりは、よっぽど、これまで無名のグンドにああもあっさりと、しかも続けざまに
大敗を喫したのがしゃくに障った、ということなんだろうよ」
ひとびとの取沙汰はかぎりがなかった。
そのほかにもちょくちょくと番狂わせはあちこちの会場で起こっていた。だが、ドー
カスの敗退以外は、そんなに賭け屋や大金をかけた客たちを驚天動地の思いに追い込む
ような大番狂わせはなかった。それに、やはり、おもだった賭け金はすべて、大平剣部
門に集中していた――今日も、午後の部の最後に、「グンド対アルカムイ」の試合が組
まれていたからである。
当然のことながら、トーナメント形式の闘技会は、試合が進んでくるほどに、一日の
試合回数は少なくなってくる。きのうは、大平剣部門の準々決勝で四試合がおこなわれ
たわけだが――正式には一試合がその前日にまわされていたので、三試合だったのだが
――きょうはまた、大平剣の部の準決勝は二試合のみであった。それで、その前にはこ
んどはレイピア部門の準決勝だの、女闘王位レイピア部門の決勝戦、そしてまたやり投
げ競争の準決勝、だのといったさまざまなものがプログラムに組まれていた。むろん他

の会場でもさまざまなものがおこなわれて、少しづつそれぞれに決勝戦に近づいていたのである。

だが、もうここまでくると、大半のものたちの興味は大平剣の部に集中していた。それで、ことに午前中におこなわれたやり投げ競争の準決勝などは、賭けている連中以外はあまり興味も示そうとせず、疲れをみせはじめた観光客たちはことに、午前中よく寝て、夕方から動き出し、そして夜中いっぱいのらんちき騒ぎにそなえよう、というようすであった。

貴賓席のほうも、いささかさびしくなっていた——王侯貴族たち、富豪たち、小屋主たちのほうは、なおのこと、疲れがひどかったからである。かれらは基本的に、闘技会が終わったあとは毎夜、紅鶴城や、それ以外の貴族の家々でもおこなわれている宴会に参加するのが当然になっている。そうして、たいていの宴会は、夜中になっても終わらない。一番早いもので夜中すぎ、もう普通ならば丑三つ時で町じゅうが寝静まる、というくらいの時刻になってようようお開きになる。だがたいてい、紅鶴城での宴席は、東の空が白んでくるまでも続くのが恒例であった。いくら若いといっても、いくら遊ぶのが好きなタイス者でも、いくら体力があるといっても、この騒ぎをもう、前夜祭もいれたら七日から続けているのだ。たまったものではなかった。

年老いた貴族たちなどには、闘技会の試合を見ながらでも、こくりこくりと船を漕いでしまうものが多くなってきていたし、なかには本当に降参して、一日休みをとって寝くたれてしまうものも大勢いた。こういうときは案外に女性のほうが元気なもので、ことにおめあての闘技士のいる貴婦人などは、疲れを知らぬていで毎日毎日、とっかえひっかえお洒落に着替えて髪の毛もあらたに結い上げては、元気いっぱいに闘技場に顔をみせて、贔屓の闘技士を応援していたりしたが、それにつきあう殿方のほうはややもすればお疲れがめだちがちであった。

それに、大闘技場でずっと座って観戦しているのは、けっこう体力的にも大事業であるには違いなかったのだ。しかも、タイス伯爵がまた底なしの体力ときている。

なにしろタイ・ソン伯爵ときては、毎日毎日、必ず自分のところの選手が登場するので、最初から最後まで、遠眼鏡片手に熱心に観戦し、そうしてその日のすべての試合が終了したあとにはこんどは城に戻って盛大な宴の監督をし、主人役をつとめ、という、たいへんな任務をこともなくこなした上に、しかも夜は夜で、むろん宴の最後のさいごまではつきあわなかったにせよ、こんどは寝室に戻ってお気に入りの吟遊詩人をかわいがる、というところまで激務をこなし続けていたのだ。さすがに多少、決して若いとはいえぬタイ・ソン伯爵の顔もげっそりしはじめてはいたが、それでも、この水神祭りの熱狂にとりつかれているのか、異様なまでに元気であった。

まだ、二人の令嬢のほうが人間らしかった。アン・シア・リン姫はずっとタリク大公にとりついていたが、タリク大公のほうがいささか音をあげて、一回ルーアンの様子を見に戻らなくてはならなくなった、突発の重大な国際的な用件が起きてしまった、と——これはどうも、本当のことかどうかかなり疑わしかったが——強硬に言い張って、四日目から七日目までルーアンに戻ることにしてしまったので、そのあいだに休むことができて、実のところちょっとほっとしたようであった。妹姫のほうはまだ若いのでもうちょっと元気であったが。

しかしそのあいだにアン・シア・リン姫にはまたいやというほど新しいドレスだの、髪型だの、男の口説き方だのを仕入れるチャンスもあった。タリク大公が御座船で、ほうほうのていでルーアンに出発していったとたんに、アン・シア・リン姫の居間には、タイスで名のある仕立屋という仕立屋が呼び寄せられ、新しいドレスを三日間で必ず仕上げるようにと命じられた、というもっぱらの評判であった。伯爵親子は、まだ、タリク大公の心をつかむことを少しも諦めてはいなかったのである。

だが、年をくった貴族たちや、またエン・シアン宰相とともにタイスに滞在しているルーアンのお歴々のほうは、適宜、ルーアンに戻ったり、またタイスの貴族たちもおのれの別荘に気に入りの客たちごく少数を連れていったん休みにいったりしていた——もっとも、そちらでも、ちゃんと宴会はおこなわれるのだから、それほどそれが本当の休息になったのかどうかは知れたものではなかったが。

多くのタイス貴族たちは、オロイ湖のなかに点々とあるいくつもの小島の、いくつかの一番大きいものの上に瀟洒な別荘を持っていた。そして、このような機会に、友人たちを連れて船でその別荘にわたり、タイ・ソン伯爵の目を逃れてようやくまったく好き勝手に遊んだり、のんびりしたり出来る時間を楽しんでいた。もっともそのひとびとも、みなむろん水神祭りのクライマックスたる、「最後の二日間」めがけては帰ってくるのが当然と心得ていた。第一、その二日間は、大平剣の部の「決勝と優勝決定戦」といういささか変則なかたちのさいごの二試合が行われる大変な日であったのだから。これを見逃したら、何のためにこんな長いこと、タイスに雪隠詰めになっていたのか、わからない、というものであった。

まあそういうわけで、この期間タイスは、クライマックス前のなかだるみとして、いささか人口も減っていたし、興奮状態も一方ではどんどんあがってゆきながらも、いささか一段落、というところであったのはいなめなかった。だが、それも、朝のうち、昼すぎくらいまでの話で、大平剣の部準決勝の第一試合がおこなわれる、午後一番ともなると、また、市民たちの顔にも、観光客たちのようすにも、期待と緊張感と興奮とが波が満ちてくるように漲りはじめていた。

第一試合は、「黒毛のアシュロン対ルロイ・リー」であった。そして、この試合が終わったあとに、今日は、「リナ対ルーアンのエーラ」の女闘王位戦準々決勝が組まれていた。これもまた、いささか疲れ気味の観客たちを元気づけるためだったのだろう。グンド戦がすんだあとの夜間特別試合に、「女闘王ホンファ対南からきた女戦士ギーエリン」の試合が組まれていたが、これは正直いうと、きのうのリギアの試合のようにひとびとをひきつけることは出来そうもなかった。それでも、一応普通の試合よりは男たちの関心が高いだろうというので、女闘王もののカードが組まれていたのだが、ギーエリンは新人で、ホンファが負けるとは誰も予想していなかったので賭け率も大したことはなく、その意味でもこの試合はあまり面白みにはかけるものであった。

それでも正午の鐘が広いオロイ湖とそしてタイスに響き渡ると、人々は疲れたからだにむちうって、ぞろぞろと大闘技場に向かっていった。そうして、互いに相当に疲れてげっそりとなった顔を見合わせながら、いよいよ祭りの本当の意味でのさいごの部分にむけて、少しづつ気持のたかぶりを盛り上げようとしていた。

黒毛のアシュロン対ルロイ・リーの試合がはじまると、大闘技場はまたほぼ満員となった。そうして、アシュロンが《クロニアの蛮人》ルロイ・リーを長々と激しい接戦の末にようやく打ち破ると、それなりなかっさいがおきた。だが、この試合の賭け率は、まさに結果のとおりのものであったので、あんまり、劇的な歓喜の爆発なんかは見られなかった。《クロニアの蛮人》はもっと早くに敗退するとばかり思われていた、中堅どころの闘技士で、おこがましくも《奇蹟の剣士》を名乗るアシュロンには勝負にならぬ、と思われていたのである。そして、事実そのとおりであった。

だがこれで、明日の決勝戦の「グンドの相手」は、間違いなく黒毛のアシュロンに決まったのであった――誰もが、「明日のグンドの相手」といって、《カムイラルの星》アルカムイがグンドを負かすだろう、などとは、夢さら考えてさえいない、というのは、相手かたにしてみればまことに気の毒な話でもあれば、失敬千万な話でもあったが、じっさいアルカムイ当人もそれがそれほど無法な話だとは思わなかっただろう。きのうのエルム戦のおかげで、豹頭のグンドの人気はそれこそ天井知らずといった勢いになっていた。

町では、ぬけめのない興行屋たちが、急いで仕入れてきた、グンドの似顔絵や、これまでの業績――といったところで、タイスにあらわれてからのものしか、知られていなかったので、それしか書きようがなかったのは当然である――を書いた紙などが飛ぶように売れていた。さらにぬけめのない連中がいて、「グンドにあやかる」豹頭をかたどった紙の仮面などを売り出したのには、さしものに驚かぬタイス市民たちも腰を抜かしたが、これはもう、おそらく水神祭りでグンドが人気の焦点になるだろうと見極めて、あらかじめ用意されていたものだったのだろう。

だが、これは、ことに子供たちにとってはあまりにも魅力的だったので、その結果たくさんの親たちが、「あの仮面を買って」とせがむ子供たちに悩まされることになった。

そして、最初はまだそれほどの数でもなかったが、七日目ともなると、もう、町のいたるところで、豹頭で強そうなトパーズ色の目をしたグンドの顔を描いた紙製のお面を、額のところにつけたり、顔にかぶったりした子供たちがきゃっきゃっと笑いながら親に手をひかれたり、子供たちどうしで「グンドだぞ！」「おれがグンドだい！」と叫びながらかけまわっている、という騒ぎになっていたのであった。

もっともこれは、もし万々が一にもグンドが敗退してしまおうものなら、一瞬にして崩壊してしまうしがない商売であったから、こういうきわどい商売をする連中はみんな必死で、グンドがあらんかぎり勝ち進んでくれるようにと祈ったり、マヌの神殿にちょっとした貢ぎ物を奉納にいったりしていた。だが基本的にはたぶん、タイスのものたちは、少なくともガンダルまでは、グンドが敗れ去ることがあるだろうなどとは、夢にも思っていなかったのだ。

黒毛のアシュロンが一足先に「決勝戦」に進んだあと、今度は女闘王位の準々決勝、「リナ対エーラ」の試合がはじめられることになった。また例によって、長い休憩時間に闘技場がきれいに清められ、今日はひるまなので松明をつけたやぐらは組まれなかったが、よく見えるようにやや高い台は組まれた。それは男の闘技士たちの試合には例外はあるもののほとんど用意されなかったが、それは結局のところ女闘技士の試合というのは、純粋な意味での闘技というよりは、「見世物」の部分が大きい、とみなされていたからであっただろう。

すでに、タイスでは「リナ」はたいそうな人気であったので、リギアが今日は支給された銀色の乳あてと腰あてのすがたで登場すると大きな喝采と拍手が起きた。そして、「ルーアンの牝猿エーラ」が黒い乳あてと腰あてをつけて登場すると、同じくらい大きな罵声がとんだ。もともと、タイスの民にとってはルーアンは競争相手でもあったし、それに、この《牝猿》はどうみても、あまり男性の人気を集めそうなタイプではなかった。ずんぐりむっくりとしていて、かなり上背は高かったがそれをさえずんぐりと見せてしまうほどに横幅があり、たっぷりと肉も筋肉もついていた。そしてもしゃもしゃの汚い髪の毛は鳥の巣のようであったし、猪首で、肩に筋肉とも贅肉ともつかぬ固そうな肉が盛り上がっていた。

牝猿を名乗るだけあって、なんだか異様に腕が長く、そして前屈みになっていてまさに「猿人」といったおもむきであったが、顔もまたそれにふさわしかった。出っ歯を剝き出しながら、「来い、メス犬め！」とリギアを挑発するさまはいかにもにくていで、「悪役」がおのれの役どころ、と割り切っているようであった。

満場の興奮と期待のうちに試合ははじめられたが、リギアはこんどはちょっと手こずった。さすがに準決勝まで進出してくるだけのことはあって、エーラはなかなか強かったからである。

しばらく打ち合ううちにリギアは迂闊にも剣を叩き落とされた。これで満場の観客が総立ちになったが、エーラがなかなか拾うひまをあたえないので、リギアはじれて、思いきり長い脚で蹴りをくれて、エーラの手から剣を蹴り飛ばしてしまった。これは非常な人気を集めた——リギアのみごとな蹴りはなかなかの見ものであったし、その上に、まあ、かなり猥褻な格好にはならざるを得なかったからである。剣を蹴り落とされて、激怒したエーラが泡を吹きながら突進してくるところを、リギアは大胆不敵にも、体格では相当上回る相手を素手で受け止めたが、エーラは腕が長いだけあって異常な膂力を持っていて、最初のうちは、誰もがこれはリナの敗北ではなかろうか、と予想した。だが、そのうちに、リギアは自分の力でちゃんと決着をつけた——つかみあって、ぎりぎりと闘技場の下につくくらいまでねじふせられてしまったのだが、そのさいにすかさず砂をつかみとり、それをエーラの顔に投げつけたのだ。

「畜生！　卑怯者のメスブタめ、目が見えない！」

目を押さえ、顔をかきむしってわめきちらすエーラをこんどはリギアは軽々と投げ飛ばし、さらによたよたと起きあがってこようとするのをうしろに回り込んで押さえ込み、腕で首を絞めて失神させてしまった。じっさいには剣でやりあって血が出るような血なまぐさい試合よりも、半裸の女たちがどたんばたんとつかみあい、あられもなく投げとばしあう試合のほうがずっと観客たちの興奮をそそったので、この試合はたいそう人気を集め、リギアが片手をあげて勝利を宣言すると、闘技場じゅうがたいへんな喝采に包まれた。リギアはあちこちエーラにつねられたり、殴られたりしてからだじゅうあざだらけであったが、係が勝利のマントをもってきてそれを着せかけてやると、誇らかにそれをひるがえして退場した。観客たちは「リナ、リナ！」と叫び続け、たいそうな興奮ぶりであった。

だが、それもまた、前座でしかないことは明らかであった。ようやく、エーラも担架にのせられて運び去られ、またしても長い休憩時間がはじまり、アイヨーの芸人たちの出番となったが、こんどは、この休憩時間を待っていたあらたな客たちが、どっと闘技場になだれこんできた。ほかのものはどうでもいいから、とにかくグンド戦を見たい、というものが沢山いたのである。

たちまちに、ありとあらゆる座席が、これまでに倍する人数で膨れあがった。そして、人々の興奮状態も極限に達した。そしてまたしても、あの「グンド、グンド！　グンド、グンド！」という津波のような叫びがはじまったのであった。

第二話　決勝戦

1

今日は、ひとびとは、ただ「グンド、グンド！」と叫ぶだけではなかった。

「グンド！　強いぞ！」

「グンド、今日も頼むぞ！」

「勝って、早くガンダルと決戦を見せてくれ！」

口々に、好き勝手なことを叫びながら、右手を突き上げ、手にもったものをふりまわし、グンドへの声援を続けている。気の毒にも、ことにカムイラルという一地方都市からやってきたあまりタイスでは有名でない選手であることもあって、きのうのエルムに対するよりも、今日の《カムイラルの星》アルカムイに対する声援はほとんどなく、闘技場は、ひたすら「グンド」一色になっていた。万一にもグインが決勝前に敗れるようなことでもありでもしたら、この半狂乱の声援がどのような呪詛と罵声と失望の嘆きに転じてしまうのかと、心配になるほどにすさまじい声援が潮のように押し寄せていた。もしかして、グインの敗れようがむざんであったりしたら、その場で暴動のひとつも起きかねまじい勢いに思われた。

闘技場のほとんどの観客席で、まるで魔法のように、「グンド」を象徴するようになったふた色、すなわち黄色と黒の布がうち振られていた。なかには、本当に豹柄の布を振ったり、その柄の衣類を身につけたり、外で売っているグンドの仮面をかぶったりしているものもいたが、急場のことで間に合わなかった連中は、とにかくうちにあるありあわせの黄色い布と黒い布とをもってきて、それをうち振ったり、からだになんらかのかたちで巻き付けたりしていた。そうやって、かれらは、グンドの贔屓である、ということを示そうとしていたのである。

むろんのことに、別段グンドの贔屓ではない、ということをこそ標榜したいものもいて、ことにルーアンからきた観光客たちは、この、闘技場がグンド一色で染められる風潮に腹を立てていた。それで、逆に、くっきりとその黄色と黒に対比される色、すなわち青と白とを「ガンダル色」に選び、申し合わせられるものは申し合わせてその色の衣類を身につけたり、また、ルーアンからきた連中は団体の観光客も多かったので、そういうものたちはみんな同じように頭に青と白の布を巻いてみたりしていたが、闘技場全体を埋め尽くしている黄色と黒の色合いからみると、圧倒的にそれは少数であった。また、ガンダルが青と白とをことのほか好む、というような話もなかったので、これは急遽その場で対抗上作り上げられたものにすぎず、ひと目みて「なぜだかわかる」グンド派の黄色と黒に比べるとだいぶん、押しが弱かった。

そのあいまにも、ひとびとは「グンド、グンド！」と叫び続けていた。そして、いよいよ、試合の開始が告げられるや、その騒ぎはいっそうひどくなった。警備員の数はきのうより三倍以上に増やされていたが、それは、万一にも暴動にでもなってはという心配のためもあったが、同時に、それは興奮しすぎて闘技場の場内に塀をこえて転落する客や、飲み過ぎてひっくりかえる年輩の客、また、いさかいをはじめる連中や試合に親が夢中になりすぎて迷子になってしまう子供たちなどさまざまな被害者を保護するためのものでもあった。

その、異様に盛り上がった騒ぎのなかを、いよいよグンドが登場してくる段になると、それこそ闘技場の中に入れた運のいい客たちは声をからしてグンドの名を呼びはじめた。アルカムイが相当に豪胆であっても、いやになってしまうくらいな、それは声援の露骨な集中であった。だが、それはもうきのうの様子をみて覚悟を決めていたのだろう。《カムイラルの星》はなかなか堂々としたようすで入場してきた。それをみて、さすがに少し恥ずかしくなって、自分たちの一方的な熱狂を反省し、アルカムイに拍手を送るものもいたので、場内はやや落ち着いてきた。

だが、アルカムイに続いて「豹頭の戦士グンド」が登場したとたん、その落ち着きかけていた場内もわあっとまたしても割れんばかりの歓声につつまれ、一瞬にしてまたしても「グンド、グンド！」の声援の嵐におおわれてしまった。グイン自身はあまりそのようなことは意識もしておらなかったし、またむろん、意図してやっていることではなかったわけだが、どうもこのグンド人気の最大の理由は、明らかにその彼の「豹頭」であった。

豹頭のケイロニア王グインの伝説は、もはや全世界的に有名であった。だが、むろんはるかなケイロニアの、しかも王という高貴な身分の英雄である。めったなことではそのすがたを現実に見たことのあるものはいなかった。だがうわさは想像をかきたて、そして、世界じゅうのいたるところで、民衆は「豹頭の英雄」の雄々しい姿の空想をふくらませていたのだ。

むろんタイスもその例に漏れなかったし、ましてやタイスの人々などはこうした英雄が大好きであった。それに、ユラニア、パロのあたりでは、ケイロニア王グインは何回か、戦場にあらわれており、実際にその雄姿を目の当たりにしたことのあるものもそれなりにいて、グインの伝説を伝えるのにあずかって力があったのだが、クムには、まだまったくグインはすがたをあらわしていなかった。むろんケイロニアに行って、運よくグインを見かけた、などという旅行経験者などはいないわけではなかったが、それは、王の二度の遠征の対象となったユラニアや、パロでの目撃者より当然、ずいぶんと少なかったのだ。

それゆえ、いっそう、タイスにおいては、「ケイロニアの豹頭王グイン」は伝説的な存在であった。そして、ああもあろうか、こうもあろうかというその想像は、突然現実のものとなり、「豹頭のタイスの戦士グンド」が、かれらの前にあらわれてきたのだ。

その上に、グンドは、かの英雄ガンダルをさえ倒すのではないかと期待されるほどに強かった。タイスの四強を倒したところで、すでにグンドも、豹頭王グインにおとらぬ生ける伝説となってしまっていたのだ。

同時にまた、どうやらグインという人物には、奇妙な「人気運」がつきまとっている、というのも、事実のようであった。それはまさに、グインが「豹頭王でなかったとしても」ちゃんと一般的な人気を得ることになるのだ、という、最大の証明そのもののようであった。名もない大道芸人あがりの、それまでまったく知られていなかった闘技士として登場してさえ、グイン、いやグンドがタイスじゅうの超絶的な人気者になるためには、わずか十日ほどをしか、必要としなかったのだ。

それほどに、グインの放つオーラそのものが、人々の心をとらえてやまぬようであった。

今日は、グインは支給されたのでしかたなく、銀いろに輝く長いマントをかけていた。

むろんこれは長すぎて戦うのには邪魔になったので、闘技場に出て、恒例の戦いの宣誓をすると同時に、係のものが出てきてうやうやしく受け取って持って去った。その下はまったくいつものとおりの、剣帯に革ベルト、革の足通しにサンダルのすがたであった。《カムイラルの星》アルカムイは名のとおり、かなりクムでも北方の、オロイ湖の北にのびる細長いカムイ湖のほとりに位置するカムイラルからやってきた戦士であった。カムイラルはいわばクムの「北の大都市」であった。大都市といったところで、むろん、ルーアンやタイスにくらべればちょっとした田舎の都市程度のものではあったが。そして、カムイラルはこれまで、あまりこの水神祭り競技会でめぼしい成績をあげる選手を出したことがなかったということで、まさにアルカムイはその渾名のとおり「カムイラルの希望の星」だったのであった。それで、カムイラルからもずいぶんと大勢の団体が、アルカムイを応援するためにだけ、船を乗り継いでタイスまでやってきていた。むろん大勢といっても、数百人といった人数ではあったのであるが。

アルカムイはまだ若く、大柄な男で、ずんぐりしていたが、よく筋肉が発達し、そして朴訥そうな顔をしていた。赤みがかった茶色の髪の毛は、タルーアンとはいわぬまでも、クムだけではない、どこかもっと大柄で力のつよい人種の血がまざりこんでいることを示しているようであった。クムのものたちの髪の毛は通常、むろん例外は多かったが基本的には黒が一般的だったからである。ことにキタイからの移民たちは、ずんぐりしていて、黒髪と黒い目をもち、わりと小柄なのがつねで、それであまりたいした戦士が出てくるわけにはゆかなかった。北方と西のほうになると、モンゴールや、ゴーラの血が入ってきて、ごくごくまれにはタルーアンの血さえまじりこむことがあり、それらが主としてこれらの闘技会でもてはやされる大男の戦士たちを生み出していたのだ。アルカムイもおそらくはモンゴール地方の血もおおいにまざっているようにみえた。

アルカムイはかなり派手派手しい赤い剣帯とベルトと、黒地にたてに白い縞の入った足通しを着用していた。そして、かなり、この大舞台にびびっているようではあった——まだ若くて、これまでこうした大闘技会で優秀な成績をおさめてきたベテランの闘技士というわけではなく、それなりにカムイラルでは有名になっていたが、タイスに乗り込むのは、これがはじめて、ということだったのである。だが、かなり地力のある選手であるようで、これまでの勝ち進んできた試合はどれもなかなかの快勝であった。

準々決勝の「ルーアンの彗星」ファン・ホーとの若手の期待の星どうしの対決などは、グンド - エルム戦のひとつ前とあってかなり割を食ってしまったものの、武術好きのものにとっては充分に見応えのある、迫力も若々しさも満載のよい試合だった。だが、当のアルカムイのほうは、そのあと、ひきつづいて居残ってその「グンド - エルム戦」を観戦したために、少々、グンドに対しておそれをなしているようであった。

もっとも、そのような内心をただちに見せるほどには、アルカムイも情けなくはなかった。ちょっと牛を思わせるぶこつな顔に闘志をみなぎらせて、アルカムイはグンドと並んで宣誓をおこない、そして、おのれの武器をとって、闘技場に進んだ。アルカムイも相当大柄ではあったのだが、グインと並ぶと、頭ひとつ以上も小さかった。もっとも肩幅などは、それほど大きくひけをとるということもなかった。肩や腕などは充分すぎるほどに筋肉が発達していたのだ。そのためにずんぐりと見えるほどだった。

グインは、例によって何も考えるようすもなく、作戦などたてる気もまったくなく落ち着き払っていた。小面憎いほどに落ち着きはらって闘技場のまんなかに進み出た《グンド》をみて、アルカムイは満面に朱を走らせ、そして、いきなりものもいわずに打ってかかってきた。

たちまちに激しい剣の応酬がはじまった。もっともグインのほうが、それほどにありったけの本気を出して応酬していたというわけではなかった――基本もきちんと出来てはいたし、ここまで勝ち進んでくるだけあってそれなりに強い戦士ではあったが、若い上に地方の注目株、という不利は、どうしても目につかざるを得なかったのだ。アルカムイが必死に剣をひいてはまたふりかざして突進し、突っかかってゆき、それへグインが落ち着きはらって、さしたる必死の様子もなく受け止め、受け流し、はらいのけている――というそのようすは、闘技場の一番上の、闘士たちが豆粒ほどにしか見えぬような場所でも、はっきりと見てとられるくらいに歴然としていた。何よりも、グインはあまり動いておらず、アルカムイがかかってくるのを受け止めているだけなのに、アルカムイのほうがひとりで必死になって、飛び下がって体勢をたてなおしてはまたかかってゆき、またグインにふわりと受け流されて体勢を崩してふたたびつっかかり——という繰り返しだったのである。

それは、アルカムイが子犬というには少々でかい、ということを別にすれば、巨大な虎に子犬がやみくもに突っかかってゆくさまを思わせるようであった。

実際には、これはまがりなりにも各地のそれぞれの闘技会を勝ち抜いてきた代表者たちであったのだから、これまでに、グインがタイスだけで見せてきた、タイスの四剣士あいての試合や、それ以前の試合に比べれば、もっと多少は実力の差は縮まっているはずであった。アルカムイが、ドーカスはともかく、ゴン・ゾーやガドスに比べてそれほど見劣りする剣士である、ということはなかった——そのゴン・ゾーもガドスも、結局グインとの対戦でうけたいたでが大きすぎてまったく今回の闘技会に参加するのは論外であったのだが。

変わったのは、というよりも、ほんの少しだけ、おのれの本来の力を解放したのは、グインのほうであった。もっともそれでさえ、まだグインにしてみれば、半分までいっているとは思っていなかった。いいかえればそれほどまでに、ゴン・ゾーもガドスも、グインは相手にしていなかったということに他ならなかった！　かれらの場合には、グインは、おのれの持てる力の四分の一ほどしか、使っていなかった、と自分では思っていたのだ。

だが、闘技会とあって、それよりもほんのちょっとだけ、グインはおのれの力を露骨に解放するようにしていた。それだけでしかし、エルムにとってはものの一合とまともに打ち合えないようなありさまであったし、アルカムイもまた、最初に剣を打ち合わせたせつなに、さっと顔色をなくしたのであった。

それでもアルカムイは善戦した。あくまでもあとにひくまいとし、必死に何度でもグインにむかって健気に飛びかかっていった。さいごには、もう、アルカムイには百にひとつ、いや、万にひとつの勝ち目もないことは、この大きな闘技場を埋めた無慮数万の人々の目にさえはっきりとわかっていたけれども、アルカムイのあまりの善戦ぶり、必死さと、これだけの力の差があっても、なんとかして食い下がろうとする「若さ」と「根性」とが、カムイラルからきた応援団だけではなく、タイスの気まぐれな連中の心にもふれて、しだいにアルカムイにも惜しみなく拍手や「頑張れ、若いの!」「よく勉強しろよ!」といった声援が送られるようになっていたのであった。

だが、そんなものは当然アルカムイの耳には入りもしなかったであろう。アルカムイは汗だくになり、その汗が目に入って足をすべらせる危機とも懸命にたたかいながら、それでもなおかつグインに向かって来続けた。グインはその気になれば一晩じゅうでも、そうしてこのカムイラルの若者をあしらっていることが出来たが、途中でもう、いい加減にこのへんでやめたほうが時間の無駄でない、と判断したので——それに、もう、観衆も充分に満足しただろうと思ったのだ——一気に勝負を決めてしまった。

それはまさに、グインが「その気になった」その瞬間であった。グインがひょいとこれまでとまったく違う速さで動き出し、気が付いたときにはもうアルカムイは剣をあざやかにはねとばされ、仰向けにひっくり返されて、首のかたわらに、砂地に剣を突き立てたグインに、かるく胸に足をかけて押さえ込まれていたのだ。

「ま、ま——参った」

アルカムイの声をきくまでもなく、審判の白い旗が東にむかってうち振られていた。

「すげえっ……」

「あいつ、本当に人間か……」

「あんな戦士がこれまでどうして隠れていたんだ？」

「まさか、本当にあいつ、ケイロニア豹頭王じゃあないんだろうな……」

「そんな馬鹿なことがあるか。なんだって、ケイロニアの豹頭王の本物がこんなタイスの闘技大会なんかに、しかも違う名前であらわれてくることがありうるわけがあるか」

「そりゃあ、そうだが、しかし……強えっ……」

観客席の歓声は、だが、少し、しずまってしまっていた。

今度はさしもの観客たちも、グンドのあまりのけたはずれの強さに、気を呑まれてしまったのである。しんとしずまりかえるまではゆかなかったものの、だが、そのなかに、ひとつのきわめて確実なある底流が、じわりと動き出していた。

(こいつなら……やるかもしれない……)

(こいつは強い。本当に強い！)

(これまで誰ひとりとしてやったことのないこと……これまでの二十年間、タイス市民がただ夢見るしかなかったこと……)

(本当にやってのけるかも——やってくれるかもしれない……本当に、こいつならば……ガンダルを倒せるかもしれない！)

「化け物だ……グンドも、化け物だ」

「ケイロニアの豹頭王と同じくらい強いかもしれねえぞ……」

「あの豹頭をつけると、豹頭王が乗り移るのかな」

「豹頭王に憑依されてるのかもしれないぞ」

人々は絶叫するかわりにひそひそとささやきあいはじめた。

そのなかには、確かに何回か、(まさか、本当の豹頭王では……)という囁きもなくはなかったのだが、しかし、それは、おこると同時にかならずほかのものから強くうち消されて消えてしまった。また、そう口にした当人もやはり、どうにも、そんなことがありうるだろうとは信じがたいようすであった。何よりも最大の理由としては、「ほんもののケイロニアの豹頭王」ともあろうものだったら、こんなところにいて、闘技士をやっているようなひまがあるわけはない——ほんものはいまもなおケイロニアのサイロンにいて、豹頭王として、ケイロニアを支配する重大な任務を果たしているはずだ、ということが一番大きかったのである。

この時代、ことに、魔道師がらみの本当の情報網でも持った限られたものたちか、本当の上流階級の、支配者たちでもないかぎり、情報——ことに支配階層、王や女王や大貴族たちについての情報などというものは、おそろしく流通が遅い。一生、自分の国の支配者がいまは誰なのかさえ、知らぬまま過ごす農民とてもまれではないのだ。ひょこりと吟遊詩人があらわれたり、早飛脚に金をつかませて情報を得たりしないかぎり、戦争がおこっていることさえ、ほんの数十モータッドはなれた隣の地方はまったく知らないまま戦争が終わってしまう、などということさえも、決してありえないことではなかったのだ。ケイロニアの豹頭王が失踪している、などということを知っているのは、タイスではそれこそタイ・ソン伯爵くらいのものであったし、タイ・ソン伯爵だって知っているのかどうかあやしいものであった。むろんタリク大公は知ってはいたが、こちらはいまはすでにルーアンに逃げ帰っていて、明日戻ってくる予定になっていたので、実際にはまだタリク大公は、《グンド》の戦いぶりを目のあたりにはしていなかったのであった。

「いいぞ」

そしてタイ・ソン伯爵のほうは、たとえグインがグンドではなく、本当の豹頭王だったとしたところで、何ひとつ気にすることもなさそうであった。

いや、むしろ、そのほうが話題を呼んでいい、とでも思ったかもしれない。貴賓席の特別桟敷で飛び上がり、喝采しながら、タイ・ソン伯爵はすっかり熱狂していた。

「その調子だ。あと二回だ、グンド、あと二回でお前はタイスだけではない、クムの歴史に残る英雄になるのだ。お前はわしの宝だ。わしの英雄だ――すごいぞ、グンド。あと二つ、あと二つだぞ！」

大声で叫び続ける伯爵に、周囲にいたタイスの武官、文官たちも唱和して、グンドの名をよび、その武勇を褒め称えた。エン・シアン宰相をはじめとする、ルーアンに戻らずにタイスに居残っていたルーアン組はいささかイヤな顔をしたが、しかしそのかれらも、この強烈な強さを見せつけられては、その歓呼に加わらぬわけにもゆかなかった。もっとも内心では、いまに見ていろ、と思っていたものもおおいにいたかもしれぬ。なんといっても、ガンダルはルーアンの誇りだったし、そして同時にクムの生ける伝説でもあったのだ。

いよいよ、すべてが、「ガンダル対グンド」の方向にむかってじわりじわりと進みはじめていた。もう、誰ひとりとして、黒毛のアシュロンなどという無名にひとしい闘技士に、グンドが敗れることがあろうなどとは想像もしていなかった。実際には黒毛のアシュロンは決して無名というわけではなく、けっこうなベテランで、何回となくこの水神祭り闘技会に出場したことがあり、そのたびに、ガンダルに手が届くとはとうていいかないまでも、それなりにいい成績をおさめていたのだ。最上位は準々優勝までなら、いったこともある、もしもガンダルがいなければ間違いなく、圧倒的な、とはいえないまでも優勝候補の一角には食い込めるくらいの力はもっている選手であったのだ。だが、もう、いまとなっては、たとえ誰が出てこようと、まったく無駄だ——グンドの進撃をさえぎることが出来るのはガンダルだけであり、そしてガンダルの伝説の連覇をやませることが出来るのも、グンドただひとりだろう、という空気が、タイスじゅうを満たしてしまっていた。

たいへんな歓呼と、そして喝采を浴びながら、グインが引き揚げてゆくと、ちょっとでもこの闘王のからだにふれて、縁起よくなろうとする群衆がそちらのほうに殺到しようとしたが、将棋倒しの事故をおそれた警備員たちにたちまちしっかりとさえぎられた。アルカムイのほうも善戦したことは確かだったので、何か腐ったものをぶつけたりするようなものはおらず、比較的同情的に扱われながら退場していった。グインが退場してしまうと、またしても例によってそれでもう大闘技場をあとにしてしまうものが続出したが、今回は、このあとに残っている特別試合はなにせ女闘王ホンファのものであったから、きのうよりもさらに人々の関心を集めなかった。きのうはそれでもまだ、うわさの美人女闘士を見ようと、かなりの人数が残っていたが、きょうはみんなとっとと家路についてしまった。もっともそれはことばのあやというもので、これからタイスの祭りの夜が——しかももうあと四日しかないという——はじまろうというのに、本当の意味で家路についたものなど、まさに数えるほどだっただろう。

グインのほうは間違いなくその、「本当に家路についた」一人であった。もう、これが闘王グンドの馬車であると知れたら、まわりを群衆に取り囲まれて、まったく身動きもとれなくなりそうな危険が大きかったので、わざと、一人乗りの立派な馬車ではなく、大勢の闘技士たちを紅鶴城に送るのに使っている、大きな乗り合い馬車が、グインひとりのために用意されて、目くらましにされていた。そして、沢山のそれらの乗合馬車にまじって、中にはじっさいにはグインひとりと、おつきの警護の騎士二人しか乗っていない馬車が、その前後のものと同じようなふりをして素早く大闘技場をはなれていったのだった。もっとも、かなり「くさい」と思ったものはあったかもしれぬ。ほかの乗合馬車は窓をあけて夕方の気持のよい、オロイ湖を渡ってくる風を通していたのに、ひとつの馬車だけがぴったりと窓をしめ、中のカーテンもとざしてしまっていたからだ。だが、そのまわりも厳重に騎馬の警備隊に守られていたので、どちらにしても、人々は近づくわけにもゆかなかった。

　グインにとっては、結局のところ長々と待たされて、あまり当人にしてみればたいしたこともない試合をごく短い時間だけ行い、そしてまた紅鶴城に送り返される、というだけのことであったから、あんまり意気があがっているというわけでもなかった。もっともグインはもともと、あまり意気盛んだとひとに感じさせるほうではなかったことも確かである。乗合馬車はべつだん何の支障も受けることもなく、無事に城についた。そして、グインは早々におのれの部屋に戻ると、とっととカギをかけてそのなかに閉じこもってしまった。これでまた、グインにしてみれば、明日までの長い退屈な夜がはじまる――というふれこみだったわけだが――だけのことだったのである。

2

もっとも、ふれこみはあくまでも単なるふれこみであった。実際には、グインにとっても退屈どころではなかった。グインはひそかに、毎晩のように、地下の《もう一つの王国》へと、降りていっていたからである。

「兄貴、今日も凄かったなあ！」

小姓たちと、そして警備の衛兵たちまでが、わがことのように喜んで集まってくるなかで、先に部屋に戻っていたブランが、得意そうに満面に笑みをたたえて迎えに出てきた。いったん人々が落ち着くまでは乗合馬車は出なかったし、それに、ブランが乗って戻ってきたのは最初の馬車だったので、ブランのほうがだいぶん城に戻るのは早かったのだ。それにもう、ブランには何の試合もなかったので、こちらは思う存分水神祭りを満喫して楽しんでいた。

「なに、大したことはないさ」

「見たかったです！　ほんとに、一回でいいから、グンドさまの試合をこの目で見たいんですが……」

小姓たちは――今日はキム・ヨンたちではなかったが――興奮して云ったが、いよいよ決勝戦も近いことであり、誰も決して闘王を刺激しないように、疲れさせぬように、と、グインにうるさくすることは上からかたく禁じられていたので、お祝いのことばをのべると、未練そうにグインを眺めながら、そのまままわりとすぐに控えの間に下がっていった。

「お前は、きょうはまったく見かけなかったが、闘技場にきていたのか。スイラン」

「もちろんさ、兄貴」

おそらく伝声管はもうこの期間には、あってもなきが如きものと化していただろうし、こんな、まだ試合も終わらず、夜の宴の準備もこれから、という忙しい時期に、こんな部屋の伝声管にしがみついてようすをうかがっているものがいるとも思われなかったが、二人は一応、警戒していたので、大声であたりさわりのない話をかわしあった。

「たいそうな人出だったなあ！　俺はもとより、闘技会出場のすんだ闘技士なので、いつでもただで闘技場の『闘技士席』に入れて貰えるのでね。兄貴があの若いのをさんざんにやっつけるところはたっぷりと見せてもらいやしたよ」

「人聞きの悪い、たっぷりやっつけたとも思わんが。だがまああの若者はなかなか頑張っていたよ。よく健闘したものだ」

「確かに、豹頭のグンドを相手にあそこまでなんとかもちこたえたというのはね。もっとも、それは兄貴がここまで、と決めたところまで、っていうことには過ぎなかったが」

ブランは笑った。それから、そろそろいいか、と判断して、そっと目くばせして、比較的伝声管からも、見張りののぞき穴からも安心だ、ということがすでにわかっている、小さいほうの寝室の、一番隅の角へとグインを導いた。

「あちらのほうは無事におさまったから、心配するな、と、御伝言を頂きました」

ブランは目を細めて囁いた。

「どちらも御無事で、とても……また一緒になれてとても安心しておられるようです。それに、殿下はやはり暗いところは苦手でかなり神経質になっておられるようでしたが、これですっかり落ち着かれたようで、きのうはとてもよく眠られた、ということで。一回、お顔を見に行ってもいまの私なら大丈夫かなと思ったのですが、ちょっと気になることがあったので、やめておきました。それにあちらはとても頼りになる、信用できる人だ、ということがだんだん、私もわかってきましたし」

「気になること。それは何だ、ブラン」

「それが……陛下」

かなり身をよせあい、ごくごく低い声でグインとブランは話していたので、たとえ伝声管に耳を押しつけていたものがいるとしても、とうてい聞こえはしなかっただろう。そのかわり、のぞき窓からこっそりのぞいているものがいたとしたら、この二人の『仲』について、いささかとてつもない誤解をする可能性もあったかもしれないが。それほどにかれらは、声を聞かれぬよう、ぴたりと身をよせあっていたのである。

「何回も、私の気のせいではないのか、私がいろいろと神経質になりすぎているのかと思ってみたのですが、そこは一応まがりなりにも私もドライドン騎士団の副団長、たぶん、気のせいではないという結論に達したのです」

「ますます気になるな。どうした。何があった」

「なにものかに見張られております」

低く、ブランは、おもてを引き締めて云った。

グインのトパーズ色の目が光った。

「見張られている、だと」

「はい。——陛下はお感じになりませんか」

「ああ、何も特に変わったことは感じぬが」

「地下に行かれたときも」

「感じぬ。特に地下では——まあ、ああいうところであるからかもしれぬが、何も異変の気配は感じておらぬが」

「だとすれば、私があやしまれているのか、それとも……陛下ほど鋭敏な感覚をとぎすましておられるおかたが感じておられないのでしたら、このブランの錯覚かもしれません。でも、何回かは、確かに錯覚とは思えませんでした。人混みのなかから、たしかにじっと見られている——私があちらに——《青》に連絡にいったときだの……また、今日もです。今日もやはり《青》と話をこっそりかわしているときに、なにものかにじっと見られている、と感じました。あちらは何も感じぬようでした……あちらとてもきわめてすぐれた戦士ですから、彼が感じないのでしたらこれまた私の錯覚かもしれないのですが……でもどうも腑に落ちません。いったい誰が、どこから、なんで」

「ウム……そうだな」

「陛下をならばともかく、この私を、というのが一番腑に落ちませんが……ただ、いずれにせよ、よほど行動には気を付けて、慎重にしておこうと思っております。青のお方に会うときにも、よほど周辺は何回もあらため、よくよく誰もつけていたり、見張っていたりしないのを確認してからいったのですが……別れて帰ろうとしたときに、おや、と……どうも気になります。まだ三日ありますが——もっとよく、見ておきますが……」

「俺もちょっと心しておくことにしよう」

グインは云った。

「どちらにせよ、明日アシュロンとの決勝戦をすませると、最終日の『優勝決定戦』——

――いよいよガンダルだ――とのあいだに、一日だけ、休養日が貰えることになっている。そのときには、どこにも出ぬつもりだったが、ちょっと祭りのなかに出てみて、どこかから見張っているものがいるかどうか……」

「とんでもない！」

ブランは叫んだ。それからあわてて声を小さくした。

「いまや、陛下はタイスじゅうの最大の話題の中心になっておいでになるんですよ！陛下が、祭りを見物にお出になるなんて、とんでもない！　一歩たりとも歩けませんよ！　馬車だって、闘王グンドが乗っているとわかったら一タッドとても進めないでしょう。とうてい無理ですよ」

「不自由なことだな」

グインは珍しくぼやいた。

「べつだん祭りを楽しみたいとは思わぬが――そもそも、俺は、明日をめどにして、うまく敗退してやろうと思っていたのだ。じっさいにガンダルと対戦してしまったら、あまりにも注目を集めすぎてしまうだろうと思ったからな。だが、こうなると……」

「敗退は出来ませんよ」

難しい顔をして、ブランが云った。

「というか、もう、誰も……もし陛下が本当にアシュロンに敗れたとしてさえ、誰ひとりとして、それが本当だと信じるものはございませんでしょう。やっぱり、陛下はあまりにもう、超人的に強い、という評判が立ちすぎております。陛下が、ガンダルにならばともかく、それ以外の誰にでも、負けることがあろうなんて、誰ひとり思っておりませんから。――万一にもそんなことがあったら、もうそれこそ暴動が起きかねない状態ですよ。大闘技場に」

「困ったものだな」

グインは肩をすくめた。

「いったい、何だってそんなにひとのことを騒ぐのだろうな。俺は何ひとつ、大したことをしていないではないか？　今日だって、結局俺のやったのは、ただステップしてアルカムイをかわし、さいごにちょっとだけ動いて押さえ込んだだけだったのだがな」

「だからですよ」

ブランは苦笑した。

「あまりにも強さの違いがあからさまになってしまったから、それが、黒毛のアシュロンがなにものであろうと、そんな、普通の、ただの人間に負けるなどとは、誰ひとり想像もしないようになってしまったのでしょう。私だってでも、想像もつきませんよ。黒毛のアシュロンに敗れる陛下！――いや、あまりにも、それは露骨に、わざと敗れたな、八百長だな、という印象を与えてしまいすぎると思います。今日は私もアシュロンの試合も見まして、あれも一応なかなかいい剣闘士だなとは思いましたが、それでもあれは人間ですよ。——人間には、陛下はとてもとても」

「ううむ」

「それに……正直のところ」

ブランはちょっといたずらっぽく笑った。

「こうなってみますと……私でさえ、見たい、ですよ。ガンダル対陛下！　ああ、いや、私こそ一番見たいかもしれません。他のものたちは、ただ単に、これが『ガンダル対グンド』のすごい試合だと思っているだけのことですが、私だけが、これが本当はガンダル対、豹頭王グインの対決だ、と知っているわけなんですからね！　これは、見たい、見たいですよ。おやじさんがいたって、目の色をかえて見たがったと思います。これほど、およそ男と生まれて、剣をとって戦う身分に生まれて、いやしくも騎士、戦士、剣士と呼ばれるようになって、これほど見たいものというのはそうあるものじゃあありゃしません。これを見なかったら、生まれてきた甲斐がない——というくらいなものだと思いますよ」

「あまり、気が進まんな」

グインは苦笑した。

「ガンダルと戦ってみたい、という気持は正直ないわけではないぞ。それについては、隠したところではじまらぬ。俺もいささかむずむずはしていたからな。それでとうとう、こんな時期まで、水神祭りの真っ只中まで居座ってしまった。もうこうなれば、ゆくところまでいってしまうしかないではないか。——だが、それはいまだに、おのれの我欲というか、とんだ失策だとは、俺は思っている。本来の目的のためにはな。俺としては、こんなに目立つ予定ではなかった。もっと早くに、とにかくなんでもいいからタイスを抜け出して、なんとかしておぬしにスーティを渡すことなく……」

ここでグインは満足げに笑ってみせた。

「ドライドン騎士団の副団長ブランの手に王子を渡すことなく、無事にフロリー母子をパロになり……二人の安全に暮らせるところへ送り届ける。それが、俺の最大の目的であったのだから。こんなふうにして、目的を見失って、ついつい長々と横道にそれてしまったことなど、いまだかつて思いあたらぬ。まあ、その分、さすがにガンダルだというべきかもしれぬが、本当は、だからこそ、ガンダルなどには何があろうと近づいてはいけなかったのだがな」

「これはでも、成り行きですよ」

ブランは強調した。

「これは運命ですよ！　運命神ヤーンのお導きですよ！　そうとしか考えられません。だって、どのときをとったって、抜けられなかったじゃないですか。——もしこうなりたくなかったら、タイスにこないでルーエからぬけ出すほかなかったですが、あのときルーエを落ち延びるためには、それこそ、タイス騎士団と切り結び、かれらを全滅させて逃げ出すしかなかったですよ。そうしたら、たいそうな事件として注目をあび――結局、それはそれで大変な事態になっていたのではありませんか？」

「まあ、それはそうかもしれんがな」

「きっと、こうなる運命になっていたんです。――ということはつまり、運命神ヤーンも、ガンダル対豹頭王グインの決戦がご覧になりたかったんです」

「………」

「こう申しては何でございますがね。でも、本当に、これほど見たいものはこの世にこれまでひとつもなかった、と思うくらいですよ！　いや、もちろん、陛下が万にひとつもガンダルに遅れをとることがあろうなど、夢にも思っておりません。ただ、とにかく……見てえなー」

ブランはまた悪戯小僧のように破顔した。

「これを見られないなんて、陛下も――これはゴーラの陛下のほうですよ……それにおやじさんもどんなにくやしがるだろうな。これほどの見ものは百年にいっぺんというものじゃありませんか。――いや、どうしたって、これはもうそうなるしかありませんよ！　でなくちゃあ、ヤーンが黙っていませんでしょう」

「ウーム……」

「でも、まあ、それはそれとして、確かに……ガンダルとの戦いに勝ってしまえば、非常にまずいことになるのはそのとおりなんですがね……でもなァ」

不服そうにブランは唇をとがらせた。

「私は、だからといって、ガンダルあいてに、負けたふりなんど、どうしてもしていただきたくないですけれどね。それはもう、ここまできたら、あの化け物めに、何がなんでも憂き目をみせてやっていただきたいですよ！」

「また、先日の宴席でちょっと会っただけの感触ではあるが……ガンダルというのが、なかなかに手ごわそうでな」

グインは憂鬱そうに首をふった。

「もっと、あそこまででなければいくらでも、大接戦の末に敗れたように見せられるというものなのだが。あのくらい、本当に強いやつとなると、こちらとても、いろいろと仕掛けていったり、とりつくろったり、こちらの思い通りに展開を運ぶというわけにもゆかんだろう」

「うへ。やっぱり、そんなに、強いんですかい、奴さんは」

「と、思う」

グインは云った。それをきいて、ブランは、目を丸くしたが、ちょっと恐ろしそうに身をふるわせた。

「豹頭王グインをそう言わせる怪物——すげえなあ。世の中、広いんですねえ。いるものなんだなあ……本当に」

「世の中は本当に広いさ。いや、探しさえすればいくらでも、俺などまったく赤児をあしらうようにあしらってしまう怪物とても、ひそんでいるはずだ」

「そりゃあないですよ。そんなことはありえねえ。俺は、それだけは信じませんよ、陛下」

「おぬしはそういうが、あのラゴンの長ドードーなどは、俺のことを小僧のようにあしらったものだぞ」

「でも結局陛下が勝ってしまわれたのでしょう、なんとかして。——前にうかがったことがありましたよ。なんとかして、その試合というのも、見てみたかったなあと思いましたがねえ」

「ドードーのような巨人はもうほかにはいないと思うが、世界は広い。案外にそうではないのかもしれぬ。まったく知られざる怪物とても、この世のまだ知られておらぬ秘境には、ちゃんとひそんでいるかもしれぬさ。だが、まずは、目の前のガンダルのことだな」

「私もいろいろと町を歩き回ってガンダルのうわさも集めてみましたがね」

ブランは云った。もう、それほど低い声でもなくなっていた。

「やはり相当にいろんなうわさがとびかっていてね。――ルーアンからきた、剣闘技大好きというおっさんの一団を見つけたので、酒をおごってもらって、いろいろと仲良しになって、ガンダルの話を聞かせてもらったんですがね。まあまた例のような化け物話、赤ん坊を食うだのなんのというような話ばかりですが、それにしても、本当にその話が全部本当だったら、ガンダルってやつは、本当に人間じゃありゃしませんよ。あれはただの、クムの灰色猿の牡と人間の女のあいだに出来た子か、それとも異世界から落ちてきた怪物か」

「わからんな。だがあさってにはきゃつとてもあのよろいかぶとを脱がなくてはならぬ。それが決めごとだからな。それに、きゃつはこれまで何十年も、水神祭りやほかのクムの闘技会ではちゃんと、裸になって戦いぶりを披露してきたのだ。なかみが、ただの人間であることは、一応確かだと俺は思うが」

「でも、『ただの』人間かどうかはなんだかあやしいもんだと思いましたがね、私は。――でも、陛下が、負けたふりがしづらいとおっしゃるのをきいてはじめてぞくっとしました。それもそれで、逆に、えらい凄い話だなあと思いもするんですがね」

「問題は、もし俺が敗れてしまえばそれでこんどはタイ・ソン伯爵の激昂をかって、その場で処刑、というようなことになるかもしれぬ、ということだな」

グインは沈痛に云った。

「といって、勝てばますます、タイスの闘王、と持ち上げられて動きがとれなくなる。どちらにせよ、ガンダルとの戦いが終わるまでには、なんとか対策を考えて、なんとしてでも——水神祭りの終わるときまでに、この状態を打開しないと……」

「まあ、とりあえずおふたりが安全になったんだからそれだけでもいいじゃありませんか。その前にくらべればずっと気が楽な状況ですよ」

「だが、それもあちらにあまりに迷惑をかけるのは心配でな。——それにマリウスのこともある。俺はまあ、ガンダルに負けて地下の水牢に落とされたというかたちで逃げ出すことになったとしてもいいかもしれぬが、マリウスがそうなるといよいよ逃げにくくなる。——それに、リギアとお前もそろって姿が見えなくなれば——かなり、くさいと思われるだろうしな」

「いや、私のことなどはおそらく、誰ももう気に留めてはいないと思いますがね。まして、あっさり敗退してしまいましたから」

「いや、だがそうでもないかもしれんぞ。誰かが見ているのだろう」

「あれは、そういう目……とも思われないんですがねえ……くそ、何なんだろう」

「それにリギアはかなり注目を浴びてしまっている。あれもなかなかに逃げ出すのが大変そうだ」

「リギアさんの場合は、あのホンファに負けなすったとしても、べつだんそれで呪い殺されたり、賭け屋に暗殺もされないだろうかわり、逆に『来年こそ頑張ってくれ』といわれて、いっそうもてもての売れっ子になっちまう可能性がありますね。うーん」

「まあ、まだあと三日あるわけだ。明日を入れて」

グインは考えに沈みながら云った。

「今日は、もうそういうわけで《下》にゆく必要もなくなった。これ以上、危い橋を渡らず、少し体力をたくわえがてら、じっくりとこれからのことを考えて考えぬいてみることにしようと思うが」

「そりゃあもちろん。私も極力、お邪魔はしないようにいたしますから」

「いや、いろいろと町のようすなども聞かせてくれて、情報をくれたほうが有難い。町は、いまだにたいそうなにぎわいなのだろう」

「それどころか、どんどんどんどん、にぎわってゆくばかりですよ。それでも、本当にすごいのは、明日が終わって、あさってからだろうと、みんな云っています。それが、本当の意味での水神祭りなので、それを見ることなしには、本当の水神祭りを味わったとは、とうていいえない――ことに、最大のものはその後夜祭なのだ、と……ほら例の、あの、誰と寝てもいいっていういかがわしいらんちき騒ぎですがね」

「何がなんでも、そのらんちき騒ぎの前にはタイスを雲隠れしていたいものだ」

グインはイヤな顔をして云った。

「べつだん、聖人君子ぶっているわけではないが、どうも、そういう騒ぎにはあまり好意が持てぬ。それに、そういう騒ぎというといったいどういうことになるかわからぬからな」

「特にリギアさんだの、マリウスどのですね。——まあ、マリウスどのは、それこそ伯爵閣下が大事に守ってるのかもしれませんが、ああいう貴族の気持ちというのはいたって気まぐれなものですからねえ」

「ああ。それに、タイス伯爵の好意くらいあてにならぬもの、信じてはいけないものはないとかねがねさんざん思い知らされていることでもあるしな。だが、ともかくは明日だ。——明日、黒毛のアシュロンとの試合がすむ。そうなれば、もう、一日休養して……そしてガンダルだ。それまでになんとかして、心を決め、どうやってタイスを脱出するかを決めておかないと、かかわってくれている皆にも祭りのあとではいっそう伝えにくくもなろうし、また、これだけの祭りの警備に手をとられていたタイス騎士団が手すきになれば、それこそ逃げ延びるのがもっともっと難儀になる。どうあれ、勝負はあと三日、だな」

「御意」

ブランはかるく国王への礼をしてみせた。

「とにかくひとつだけ申し上げておきますが、タイスを無事脱出し、絶対安全、という場所まで逃げ延びるまでは、私はもう、これ以上陛下にご心痛をかけたりややこしい事態を招いたりすることはいたしませんから。そのつもりでおりますからね。剣を捧げたいのは山々ですが、もう私の剣はカメロンのものですから、お捧げすることが出来ないのが残念です。でも、とにかく、タイスを脱出しおわって、ここならば大丈夫、というところまできたら、私は『私のタイスでの任務は終わりました』と陛下にはっきりと申し上げますよ。そう申し上げるまでは、私はカメロンではなく、ゴーラでも、イシュトヴァーン陛下でもなく、ケイロニア王グイン陛下の右腕として、忠誠を尽くします。それだけ、信じていただければ」

「信じているさ、ブラン」

グインは笑った。そして巨大な手をさしのべた。

「何も、そのように案じてくれることはない。おぬしは聡明で、その上本当に情勢の見える勇士だ。おぬしがかるはずみなことをして事態を紛糾させることなど、考えもつかぬ。俺は、カメロンどのさえよければおぬしをゆずりうけたいくらい、おぬしをかっているのだよ、ブラン」

「身にあまる光栄なるおことば」

ブランは頬を紅潮させて、グインの手をおしいただいた。

「いや、でも、祭りの前には、私の行動のせいで、陛下にも御迷惑をおかけいたしましたからね。でももうそのような間違いはいたしません。とにかく、無事にタイスを脱出するまでは、私はグイン陛下だけに忠誠を誓う一の部下です。どうかそのおつもりで、なんでもお命じになって下さい。死ね、とおおせになれば、喜んでこの一命を陛下に捧げますから——《そのとき》になるまでは、ですけれどもね」

3

かくて、いよいよ、水神の祭りは最後の三日間に突入しつつあった。

実際には、本当のクライマックスが『最後の一日』であることは間違いなかったが、水神祭りの催し物も、また水神祭り闘技大会のさまざまな種目も、しだいに最後の部分を迎えていて、長年の歴史ある祭りは、最後の本当の「爆発」に向けて、着実に盛り上がり続けていた。観光客も、いったん減っていたものが、最後にむけてまたうなぎのぼりに増えつつあった。その半分以上が、最初の開会式を見に来て、またさいごの部分を見ようと戻ってくるものたちであった。

闘技会の花形である大平剣個人の部の「王座決定戦」は、最終日たる十日目におこなわれることになっていたが、これが事実上の本当の絶頂であった。そうして、たいていの競技は八日目と九日目の二日間を使って、決勝がおこなわれ、勝者が決められることになっていた。なぜなら、最後の日すなわち十日目におこなわれるのは、この大平剣個人の部の「王座決定戦」のほかには、本当の決勝戦はあまりなく、そこではその前日までに決まったさまざまな種目の優勝者の表彰式とお披露目、そして、万一引き分けに終わったり、優勝者に対して審判部なり、相手の敗者なりから強硬な文句が出た場合の「再試合」が行われることになっていたからである。大平剣のトーナメントの決勝は八日に行われてしまうのだが、それ以外の、レイピア、投げ槍、刀子投げ、特殊武器、戦車競争、競馬、グーバ競争、弓術、円盤投げ、などの決勝が九日に行われるのだ。むろん、これはガンダルという論外な怪物が君臨するようになったがゆえの手順であった。そうでなければ、最初から、あまりにも、ガンダルが勝つに決まっていたから、肝心かなめの花形であるはずの大平剣の試合がまったくスリルのないものになってしまったからである。だがさいごにガンダルとの「王座決定戦」が残っているように仕組みが変えられていたおかげで、大平剣競技の愛好者たちも、さいごまで試合の経過とそれへの賭けとを楽しむことが出来たのであった。

じっさいそれは、ガンダルがいるから、ということで決められた仕組み以外の何者でもなかった！　もしも最初から、ガンダルが出場していたら、ガンダル以外の選手に賭けるものなど、ひとりとしていなかっただろうからだ。それほどにガンダルの栄光は確立されており、まったくその力は、かなりガンダルが年を重ねてきたいまになっても衰えていないと思われていた。

が、まあ、そういうわけで、大平剣の部の決勝——つまりは「ガンダルへの挑戦者を決める決勝」だ――は八日目の呼び物であり、そうして、九日目と十日目とで、水神祭り闘技会はすべての競技の決勝戦をおえるのだった。ほとんどの観光客のおめあてはこの「最後の二日間」であり、そしてその十日目の夜からはじまる有名なあの堕落した「後夜祭」であった。極端にいえば、ガンダルの戦いぶりと後夜祭の楽しみだけを求めてくるものたちも多かったのである。賭け金のケタも当然この二日間でぐっとはねあがる。ガンダルの挑戦者がこの何年来になく「有望」だと信じられてきた今年には、なおのこと賭け屋たちは大騒動であった。

むろん、「八日目」の、グンド対黒毛のアシュロンの「決勝戦」でグンドが敗れ去るようなことがあろう、などと思っている人間は、賭け屋のなかにも、また観客にも、闘技士たちのなかにもひとりとしていなかった。もう、みながみな、アシュロンとの決勝戦などただの順序、手続きにしかすぎぬとみなして、気持はまっしぐらに、最終日の「対ガンダル戦」に向かっていた。

リギアのリナが順調に準決勝を勝ち進めば、現在の女闘王、ホンファに挑戦することになる、「女闘王位決勝戦」はグンドが登場しない明日九日の最大の呼びものであった。これまた、あくまでもリナが今日の準決勝を勝ち残るとしての話だったのだが、ホンファのほうはむろんのこと、七日目の夜に、新鋭のギーエリンをやすやすと下していて、闘王であるのでホンファはこのまま決勝戦に残れることになっていた。

「さすがにちょっと心配になってきたわ」

リギアは準決勝に「出勤」する直前の、自分たちの部屋のなかで、支度をととのえながら、そっとブランとグインとに正直な心境を白状した。

「なんだか、私調子に乗りすぎていたかしらという気がしてきましたわ。もちろん、その気になればホンファだろうがなんだろうが、やれるとは思うんですよ。でも、やっぱりホンファはなかなか強そうだし、きのうの試合を見ていたら、これは、殺さなくては勝てないのではないかしらという気がしてきて少し憂鬱なんです。——何も縁もゆかりもないのに、女闘士を殺してしまう、あるいは重傷をおわせるなんていう趣味は私にはないわ。これまで私は、自分が生き延びるためにだけ戦ってきたんですもの。——いい趣味じゃありませんね、女同士を戦わせて、賭けまでして打ち興じるなんて。私はやっぱりタイスの人間にはなれそうもないわ」

「だが、姐さんの人気はすごいですよ」

ブランが心安だてにひやかすようにいう。

「こうなったら、もうあとにはひけないんじゃないかな」

「ひくつもりもないんだけれどね」

リギアはきっとなってブランをにらんだ。まるで、ブランがホンファその人ででもあるかのような怖い顔だった。

「でも、殺してしまうのは嫌だし、それに、そんなことをしたらますます私、タイスから脱出しづらくなるのじゃないかしら。優勝したら、それをきっかけにマリンカを私のところにかえしてもらえるよう、お願いするつもりでいたんだけれど。——マリウスにもこのあいだ宴席で会ったときにその話をして、その根回しをしてもらえるよう頼んでおいたのですけれどね。でも私、マリンカは可愛いけれど、マリンカのために、罪もないホンファを殺すだけの根性があるかしら。なんだかだんだん、いやになってきたわ」

「それは危険だよ、あねさん。いまになって闘志が下火になってきてしまっちゃあ、そんなのはたちまち相手かたに見破られるのじゃないかい？　もうあと二戦だけじゃないですか。そのあいだだけは、タイスの人間になったつもりで頑張るほかないんじゃないかな、どうです」

「あなたはもうお役ご免だから呑気でいいのよ」

怒ってリギアは云った。

「しかもなんだか知らないけれど、だんだんこれをつけろといわれる衣裳がみだらがましくなってくるし。きのうなんて、まるで娼婦すれすれだったわ。もうあそこまで肌をさらしてしまえば、裸も同じじゃないかといいたいくらい。——それでいろんな格好をするのをみて、みんな楽しんでいるんだから、本当にタイスの連中ときたら立派な変態だわ。私の——」

リギアは、本当は、「私の乳きょうだいがこんなことを知ったら」と云いたかったのだ。だが、かろうじて思いとどまった。

「私の亡き父がこんなことを知ったらどんなに嘆くでしょう。——そうでなくとも、父にはさいごのさいごまで心配ばかりかけていたというのに。もう本当にこれが道楽のゆきつく先だわ。もう二度と私、こんなことはやりませんからね」

「そりゃあ、おいらも同じ考えだよ」

《スイラン》は苦笑した。

「やっぱり、俺もどうも、クムのものの考え方は——ことにタイスのは閉口だな。どうにも、遊びのために戦わされたり人を殺したりという気分にはなれるものじゃない。その点、『血を流さない』《青のドーカス》は偉いものだな。そのドーカスに人気があるということは、タイスにもそれなりに多少は、良識のある人間がいる、ということかもしれませんぜ」

「それだったら、結構なんですけれどね」

リギアはつけつけと云った。

「あたしはそこまでタイスの連中を信用する気にはなれないわ。ドーカスは直接知らないからわからないけれど、あれも他からきた人なんでしょう。タイス生え抜きの連中ときたらまったくね。——本当に、ガトゥーのように飲むことと、バスのように食べること、そうしてドールのように荒淫することしか考えていないようにあたしには思われるわ。何にせよ、早くこのとてつもない町から無事に脱出したいものだわ」

「あまり大きな声を出すな」

グインがたしなめたが、リギアは肩をすくめた。

「大体、いつもいつもこうして伝声管で盗み聞かれているんじゃないかと心配しなくてはならない、っていうことからしてあまりにも異常ですよ。とにかくマリンカを取り戻すためにあたしは頑張るけれど、なんとかマリンカを取り戻したら、もう……何があろうと、決して……」

決して、どうなのかは、リギアは何も云わなかった。

だが、それでリギアが先に闘技場へ出発していったあと、ブランは心配そうにグインにささやいた。

「リナ姐さん、だいぶ頭にきていなさるようですね。まあ、毎日毎日戦わされているんじゃあ、もともと戦うのの好きなやつでもないかぎり当然のことですが。しかし、あのホンファって女はなかなか手ごわそうだし、出来ることなら、というか私だったら、今日の準決勝の相手にうまいこと敗退して、ホンファとぶつからないようにするんですがね。それはリナさんには無理なのかな。そのへんは、私よりも、リナさんのほうが本当には闘士向きなのかもしれないなァ」

「どうだかな」

グインは笑っただけだった。グインのほうは、今日が「黒毛のアシュロン」との決勝だ、などということはまるきり意識もしておらぬように落ち着いてみえ、まるきりいつもと変わらなかった。

「本当は、ガンダルとやりたいんでしょう？」

こっそり、ブランが聞いた。

「というか、やってみたい気持があるから、ここまできちまった、ということなんでしょう？　まあ、兄貴は下馬評があまりに高くなってしまったから、うかつには負けられなかった、っていうことはあるんでしょうが……」

「ううむ。どうなのだろうな」

グインは苦笑した。

「確かに、ときたま、どうもおのれはガンダルとやってみたがっているようだ、と思わないでもなかったが。しかし、一方では、そんなことはまったくよけいなことだとも思っていたのだが、とうとうここまで来てしまったな。だがむろん、今日俺が黒毛のアシュロンとやらに思わぬ番狂わせで負けるということがおこらぬものでもないぞ」

「そうしたら、大闘技場じゅうは暴動が起きてしまうでしょうね」

やや心配そうにブランが云った。

「いまとなっちゃあ、もう、ガンダル対グンド戦を見ないことには、誰も納得しやしませんよ。——もう、しょうがねえじゃないですか。行きがけの駄賃にちゃっと、ガンダルをやっつけて、でもってみんなで、あとはおぼろと……」

「しッ、めったなことを云うまい」

グインは急いでブランを制してみせた。

「まあ、いまこのようなときにはもう、みなぞろぞろと大闘技場に向かって出掛けていると思うけれどもな。だが万一ということがないでもない。——俺はきのう一晩真剣に考えてみたが、まだなかなか心が決められぬ。あまりにもいろいろと困難な要素が多すぎてな。正直いってこの上に馬のマリンカまでということになると……俺にはいささか思案投げ首のていだが、あれだけマリンカを取り戻すことを楽しみにしているリギアにはそう云うわけにもゆかぬな」

「そりゃそうだ。マリンカは、まさかにそこにもぐらせて歩かせるわけにはゆきませんねえ」

ブランはうんと声をひそめて、床下をそっと指さしてみせた。

「といって、姐御の気持はわからないわけでもないけどなあ……馬はともかく、これがおのれの船だとしたら、われわれ船乗りが捨ててゆくのはよほどのことですからねえ。でも、本当にいざとなったら、やっぱり、馬は諦めてもらうほかないがなァ……」

「おのれの姉妹のようなものだ、とまで、彼女は云っているからな」

困惑したようにグインは云った。

「それを、むげに、諦めろ、というのはとても云いにくいな。――うむ、何かもっと、いい方法を考えつかなくてはいけないということだが……どうもこうなると、まずは目先のガンダル戦のことをでも考えてついついごまかしてしまいたくなるな。本当は、そうやっているうちにとうとうここまで来てしまったのだが」

「でも、もうこうなったら騎虎の勢いですよ」

ブランは首をふった。

「そろそろ、お出かけになるんじゃないですか。私はまた今日もいっぺん、青のお方のほうを様子を見てから、大闘技場に出かけることにしましょう。それでも、姐御の準決勝には充分間に合うでしょう。その前に、やり投げだの、いろいろあるようだから」

「ああ」

二人はなんとなく、思案に沈んだ目を見交わした。いよいよ、ものごとが、ある意味では大詰めに入りはじめていることを、どちらもひどく重たく受け止めているようであった。


が、祭りのほうは、逃亡をたくらむものたちのおもわくとはまったくうらはらに、いよいよ盛り上がっていて、《グンド》をのせた馬車が大闘技場に入ってゆくころには、もう、闘技場のまわりはぐるりと、入場券を手に入れられなかった不運な群衆でいっぱいになっていた。今回も、グインの出入りは厳重に人目を避けるように仕組まれていたが、きのうよりもさらに人が増えていたので、どの出入り口も、せめて選手の出入りだけでも一目なりとも見たい、というものたちがむらがっていて、馬車の窓もカーテンもしまっていてさえ、かえってその閉まっていることでそうと察したのか、「グンド！グンド！」という大声がしきりと外からおこった。むろん、町を走っているあいだも、タイスじゅうがなんとなく下のほうからぐらぐらと煮立てられてわきかえっているような感じだったので、グインは、窓のカーテンのすきまから、ちょっとだけ町のようすを見ることとさえも難しかった。じっさい、グインにとっては、水神の祭りは、開会式と《水神迎え》のほかには、闘技場でかいまみる、観客席の様子だけ、ということになってしまいそうだった。

正午と同時に《リナ》の準決勝が開始された。今日の相手は、クロニアのルアンナ、という、比較的これまでの相手のなかではみばのいい、まだ若い引き締まったからだつきの女で、力よりも技巧のほうで戦う珍しい女闘士だったので、観衆はおおいに期待をよせていた。もう、正直いって、女の大灰色猿だの、女熊《バル》のような連中には、観客たちもうんざりだったのだ。今回のルアンナは、これまでのリナの相手に比べればずいぶんと容姿端麗とさえいってよかったので、一応まがりなりにも美人対美人の戦いということで、群衆は大喜びであった。

それに正直のところ、これまでの連中にくらべると、ルアンナはずいぶんと正統派の剣技をきちんとおさめた女剣士であった。それで、リギアもかえって気持よかった——リギア自身も、女の身で剣闘士として戦っているのか、それとも熊退治をしているのか、わからぬような女闘士たちにはほとほとうんざりだったのだ。ルアンナはきっちりと剣をおさめているようすで、その剣もかなり折り目正しいものであったし、充分に鍛錬されていた。クロニアという地方都市の出身であるので、あまりこれまで、タイスの女闘王戦で注目されたこともなかったが、今回はその確実な剣技でこの準決勝までのし上がってきた、という事情だったので、本当にこれは「実力だけ」でここまできた女剣士であった。

それはリギアには非常に快いことであった。いってみれば、ドーカスとぶつかったときのグインのような喜びを持って、リギアはやっと正々堂々とまともな剣士である相手と戦えることに満足しながらこの準決勝に臨み、そしてそれは予想にたがわぬ激しい剣技の応酬となった。遠目に見てもどちらもなかなか魅力的な体形であることがわかる二人の女剣士のみごとな戦いぶりに、観衆もたいへん熱狂し、「リナ、リナ！」「ルアンナ、ルアンナ！」と双方への応援が惜しみなく送られた。

ルアンナのほうも、剣技もさることながら、気性もかなり果断で勇敢な女性のようであった。それで二人の戦いは、なかなかまれにみる激戦となった。リギアも勇敢であったし、女性にはあるまじき剣技の冴えを誇ってもいた。最初はほとんど互角のように見えていたが、そのうちに、どうやら、やはり実戦できたえたリギアの腕前のほうが、やや上回っていることが明らかになってきた。

それでもルアンナはなかなか健気に善戦したので、ルアンナの敗色が濃厚になってきた中盤戦以降にも、ルアンナへの声援は惜しみなく続いた。むろんリナへの声援は高まる一方であった。

そうして、ついに、リギアの剣がルアンナの剣をはねとばしたが、ルアンナはいさぎよく両手をついて、リギアの剣技に参った旨を表明し、ふたたびかえって大喝采をあびた。

「あなたは素晴しい剣士だわ、リナ」

ルアンナが惜しみなくリギアを褒め称えたので、リギアも気分よく、敗者を抱擁し、二人の娘はほとんど半裸の汗まみれのまま、砂だらけでしっかりと抱きしめあった。

「あなたも素晴しい剣士だったわ、ルアンナ」

「もっとひどいことになるのだとばかり思っていた。あなたのような素敵な女剣士がいるなんて、タイスも捨てたものじゃない。来年もぜひ、あなたと戦って——これからの

一年にきっと私研鑽をつんで、あなたを堂々とうち負かせるようなさらに立派な剣士になって戻ってくるわ」

このルアンナの賞賛と誓いは、おわかりのようにリギアを相当困惑させた。来年まで、ここタイスで女闘士をしているつもりなど、リギアにはかけらだになかったからである。だが、そう云うわけにもゆかず、リギアはまた黙ってぎゅっとルアンナのよくきたえたからだを抱きしめただけだった。

「きっとあなたがホンファに勝って今年の女闘王になるのは間違いないと思う。ホンファの試合は見たけれど、あれは力づくでちっとも剣技の問題ではなかったもの。あれではただのとっくみあいだわ。ホンファには何の美学もないわ。——ホンファとの試合は明日ね。私、必ず、あなたの応援をしにかけつけるわ」

「有難う、ルアンナ」

感動して、リギアは云った。そして、感情の昂揚するままに、ルアンナの唇にちゅっとキスしたので、大観衆は大喜びだった。

「いいぞ、リナ」

「いいぞ、ルアンナ。もう一度やれ」

「いやな人達」

ルアンナは苦笑した。

「嬉しいわ、リナ。私とてもあなたが好きよ。あなたが男だったら、惚れてしまいそうだわ。――頑張ってね。あなたのその綺麗な顔に、ホンファに傷をつけられたりしないでね」

「大丈夫よ。髪の毛一筋、あんな女熊《バル》にさわらせやしないわ」

陽気にリギアは約束した。こうして、リギアの快勝のうちに、女闘王位の準決勝は終わった。もうあとは、リギアはホンファとの決勝戦を残すのみであった。

そしてまた、そのあいまにアイヨー芸人たちの派手なアクロバットだの、またさまざまな歌の披露だのが続いて客達の無聊を慰めているあいだに、闘技場が整備され、さらにもうひとつ、レイピアの決勝戦が行われた。これも本来ならなかなか話題を集めるものであるはずであったが、今回は、ちょっと気の抜けたものとなった――というのは、レイピアの帝王とされる、《白のマーロール》が、結局怪我の回復が思わしくないことを理由に、闘技大会がはじまってから、レイピア競技から、参加を取り消していたからである。

《白のマーロール》が登場していれば、どちらにせよ《白のマーロール》の勝利に決まっているのだったが、《白のマーロール》が登場しないとなるとまた、このレイピア競技はあまり魅力がなかった。レイピアはもともとパロでもっとも盛んに用いられている武器であって、それは同時にまたパロの繊細で薄い鎧かぶとと直接に関係していた。クムの鎧かぶとはご存じのとおり、きわめて分厚く、ごついものであった。おまけに重たくて、これはまさに大型剣や戦斧といった、重くて叩きつけるようにして使う武器とあいまったものであった。レイピアの細いきっさきはクムの鎧にむかって使えば先端があっけなく折れてしまうだけであったし、切るにせよクムの鎧の分厚さには刃がたたない。同時にクムの重たい鎧は、身軽にステップして自由自在に切り結ぶのが身上のレイピア戦にはまったく向いていないのである。

もっともこの時代、全世界的に、流行しているのはクムほどではないまでも、大平剣と重たい鎧のほうであって、世界的に見れば、明らかに例外なのはパロのレイピアと軽い胴丸のほうであった。それは、「洗練」ということが最大のパロの美徳、美学であることともおおいに関係していたが、同時に、パロ人たちが、長年の文弱文化のむくいとして、世界的にいうと相当体力の弱いほうである、ということとまともに関係していた。白子のマーロールがレイピアを選ぶのも、鞭使いを好むのも当然といえたので、大平剣はそれ自体が大変に重い。それを振り回すにはそもそも相当な腕力が必要であった上に、重たい鎧かぶとを身につけているとなると、動きはどうしても制限される。そして、体力のないパロ人たちには、このような重たい鎧を身につけて重たい大平剣や戦斧をふりまわすことは不可能にひとしかったのだ。その点だけでも、パロがいかに聖騎士団による武技を誇ったところで、モンゴールやクムや、また世界最強を誇るケイロニアのたくましい騎士団には根本的に同数の戦いではまず勝てっこない、ということはいかんともしがたかっただろう。

そのようなわけで、クムでは、実際にはレイピアはかなり不人気な武具であった。レイピアを選ぶのは女子供か、あるいは、体力に自信のないことのあらわれであったのだ。《白のマーロール》はその、不人気だったクムのレイピア競技に光明をもたらした剣士だったのだが、その《白のマーロール》が出ないとなると、レイピアの決勝が火の消えたようになるのも当然であった。むしろ、レイピアの女剣士の決勝のほうが、人々の注目をまだしも集めたが、これは大闘技場ではなく、もっと小さな、マヌ神殿の小闘技場でおこなわれていたし、それで充分なくらいの人数しか、選手も、客も、集まってはいなかったのだった。

というわけで、レイピアの決勝はいたって盛り上がらないうちに終わった。そして、いよいよ、大観衆の待っていた、「グンド対アシュロン」の試合のための支度が、またふたたび、はじめられようとしていた。突然に、巨大などよめきが、大闘技場を押し包んだのは、まさに、その瞬間であった。

4

今日の大闘技場での試合はそれほど多くなかったので、闘技場の砂もそれほど荒れてはいなかったし、レイピアはことに、そんなに激しく砂を荒らすこともなかった。

それゆえ、係員たちも、横長の先端のついた、大きな砂掃きで、丁寧に真ん中の闘技部分の砂をならし、その上から、ごく少しの水をかけて少しだけ湿らせて、あまり滑らないようにするくらいしか仕事がなかった。今日の決勝戦は女闘王位の前にも、午前中にも二つ行われていたが、いずれも大人しい競技でもあり、穏当な結果でもあって、その白砂を血で染めるようなものはひとつもなかった。

それゆえに、多少、リナとルアンナの試合で沸いていたとはいっても、観衆のほうはやや退屈しており、その分さかんに食べ物や飲み物は売れていた。ひとびとは、のんびりと、おめあてのグンド対アシュロン戦がはじまるまでを待って、ここで積もり積もってきた祭りの疲れをいやすくらいの心算でいたのだ。なかには、「本番がはじまるまで」といって、桟敷に横になり、掛け布をかけて眠ってしまって、レイピアの試合になどまったく目もくれぬ不心得者さえいたのであった。

貴賓席も、特別桟敷も、みながらあきであった。むろん、それらは、本命の試合がはじまる直前にしっかり満員になることは決まり切っていたのだったが。

さしも熱心に観戦しつづけていたタイ・ソン伯爵一家でさえ、「グンド戦から」といううつもりで、まだ来てもいなかった。じっさいには、リナとルアンナ戦が、こんなに見ごたえのあるものになろうとは、あまり、観客は予期していなかったのである。ルアンナの剣技については、それまでのトーナメントを勝ち抜いてきたことでは充分に評価されていたものの、どちらかといえば地味な選手だと思われていたし、それに女闘王位戦を見るならなんといっても「ホンファ対リナ」戦だ、とみなが決め込んでいたので、その前にそんなにいい試合があったというのは、じっさい、まったくの不意打ちのようなものだったのだ。あとではみんな見そこねたといって文句をいうのだろうが、いまのところは、それよりもまだ、積み重なった疲労のほうが大きかった。

それにタイ・ソン伯爵一家がずっと通して見物していた特別席にあらわれていないのにはいささかのわけがあった。ずっとルーアンに戻っていたタリク大公が、今日、また、御座船を仕立ててタイスに戻ってきて、このあとはもうずっと、後夜祭の終わるまでタイスに滞在することになっていたのだ。それで当然のことながら、タイス伯爵一家は総出で着飾って、港へ、正午につく予定のタリク大公の一行を迎えにいっていたのであった。

同じ理由でずっとタイスにとどまっていたエン・シアン宰相も、ホー・トイ外相も、タリク大公の出迎えに波止場へいっていて不在であった。どちらにせよ、タリク大公が臨席してから、グンド戦ははじまることに決まっていたから、肝心かなめの出し物は絶対に見逃す心配とてもなかった。

タリク大公は隠居した前宰相、アン・ダン・ファン公爵と一緒にやってくることになっていた。アン・ダン・ファンはおそろしく長いあいだクムの宰相をつとめ、三代の大公にまたがってクムの実質的な采配をふるっていたきけもので、あまりにも高齢になったのでようやく隠居したいまとなっても、かげから、若いエン・シアン宰相に隠然たる勢力をふるっているともっぱらの評判であった。それで、ほとんどタイスのおえらがたと、ルーアンからきたおえらがたとは、総出の出迎えになっていたのである。

ことに、タイス伯爵一家にとっては、「この四日」——後夜祭とその翌日まで入れての話だ——こそが本当の正念場の勝負どころであった。それゆえ、アン・シア・リン姫をいやが上にも売り込もうとするタイ・ソン伯爵たちの意気込みといったらなく、さしもの大闘技会の魅力も、その「最後の正念場」の執念の前にはいささか色あせるくらいだったのだ。

というわけで、いつになく、貴賓席はがらあきであった。多少なりとも身分の高い貴紳淑女はみな、タリク大公の出迎えにつらなって波止場のほうにいっていたからだ。ほかのすべての桟敷や椅子席を埋めている大観衆は誰も気にかけはしなかった。どうせ、肝心の試合のときには戻ってきて一番いい席を当然のように独占するのであるし、第一、タリク大公やタイス伯爵がいたからといって、観衆の見たがっているものには何の関係もありはしなかったからである。

「さあ、いよいよだぞ！」

それよりも、かれらは、その思いに浮き足だってワクワクしていた。どちらにせよ、「黒毛のアシュロン」などを、グンドがものともしないだろう、ということについては確信していたが、かれらはただひたすら、「グンドの戦いぶり」を見るのだけを楽しみにしていたのである。ことに、今日の試合が終われば、もうその次は対ガンダル戦になってしまう。それはまさにクライマックスではあったが、同時にそれは「祭りの終焉」を意味していた。だから、何のためらいもなく、何の気兼ねもなく、思いきりグンドの戦いぶりに酔うことが出来るのは、むしろこの決勝のほうだ、と皆が思っていたのだった。

試合を見ながら振り回せるよう、黒と黄色の布を持ち込んだものはきのうの何倍かに増えていた。なかには最初から黒と黄色の衣類を身にまとっているものもずいぶんと増えていたので、闘技場の、ことに安い上のほうの席ほど、黄色と黒の入り交じったふしぎな色合いに染まっていた。どういうわけか、グンドの熱烈な贔屓は、高名な貴族たちよりもいっそう、無名の群衆のほうに多かったのだ。

かれらはみな、手元に飲み物と食べ物とを確保しながら、少しでもよくグンドを見ようと、遠眼鏡を膝におき、ちょっとでも見どころを見逃すまいとこれまでの戦績を書いた紙や、グンドの肖像画を描いた、外の売店でぬけめなく売っている紙などをまじまじと眺めて試合前の緊張がしだいにたかまってゆく一刻を楽しんでいた。その、ときであった。

うわああーっ――というような、なんともつかぬ異様などよめきが、闘技場を押し包んだのは！

「う、うわあ――ああ……」

「こ、こんな……こんなことが……」

「ガ――ガンダルだあああ！」

いったい、誰が最初にあげた悲鳴であったか。

たちまち、闘技場は、興奮のるつぼと化した。

がちゃり、がちゃり、がちゃり――

恐しい、重々しい、芝居がかった音をたてて、特別桟敷の一番前、一番大きな入口から、ぬっと姿をあらわした、その異様なふうていを見た瞬間に、闘技場を埋め尽くした何万人の群衆は、総立ちになっていた。

「ガンダルだ、ガンダルだあ！」

「ガンダルがあらわれた——ガンダルが出たぞ！」

「出た」とまで云われては、ガンダルも苦笑するほかはなかったに違いない——が、むろん、ガンダルは、そのような声は歯牙にもかけておらぬようすであった。

がちゃり、がちゃり、という音は、例によって、全身を押し包んでいるあの凶々しい、とうてい人間のものとも思われぬ大きさの鉄のよろいかぶとが発するものであった。

身のたけ三タールにも及ぼうかという鉄の巨人は、たまたま特別桟敷の近所にいたものたちが飛び上がって逃げ出すのも気にもかけぬようすで、のっし、のっしとあらわれた。そして、ぐいと、闘技場の階段状の桟敷に足をかけた。

その刹那、まるで、この巨人が、闘技場全体を見下ろすほどにも巨大化したような錯覚さえあった——赤く燃える目がじろりと闘技場の全体をねめまわしたように思われ、悲鳴をあげて腰をぬかす気の弱いもの、隣の連れにしがみつく御婦人までいた。子供たちは悲鳴のような声で叫びたてたが、万一それがガンダルの機嫌を損じては——それとも、その声を聞きつけた《幼児喰らい》のガンダルに、「おう、そこにうまそうな餓鬼がいるな。俺に寄越せ！」とでも云われるのではないか、という、そんなとてつもない恐怖にとらわれた親たちが、あわてて子供たちの口を押さえつけてしまった。

ガンダルは、おのれの登場が闘技場全体に巻き起こす恐慌を、充分に知ってもいれば、また、楽しんでさえいるかのように思われた。どちらにせよ、その不吉な、青光りする鋼鉄のすがたの下に、いったいどのような生身が隠されているのかは、まったく知るすべとてもありはしなかった。

がちゃり、がちゃりと騒々しい、凶々しい音を立てながら、ガンダルがゆっくりと手すりをひっつかんで、階段席をのぼりはじめた。特別桟敷にはさきにいったようなわけで、タリク大公やタイス伯爵はじめ、タイス、ルーアンのお歴々がほとんどおらず、桟敷もほとんど上のほうに数人観客がいただけであったのは幸いだった——でなかったら、さすがに自分自身がガンダルの《小屋主》であるタリク大公こそはそんなことはなかっただろうが、ほかのものたち、ことにこの怪物に馴れていないタイスの貴族たちは、悲鳴をあげててんでに逃げまどい、ガンダルからなるべく遠くへ逃げようとして、タイスの面目をつぶすことになったであろう——まさかにタイス伯爵がそのような醜態をさらしたとも思われないが、少なくとも、貴婦人たちは恐慌状態に陥って、さんざん警備の係員たちにも、連れの貴族の紳士たちにも手間をとらせ、なかには卒倒するものもいたかもしれぬ。

だが、誰もいなかったので、ガンダルは悠々と階段をのぼり、そして、真ん中あたりにいたって、ぐるりと重々しく向きをかえた——よほどその鎧が重たいらしく、ガンダルの動きはすべてのっしのっしと、いたってゆっくりとしていたのである。その分、遠目にさえ、異様な重圧感があった。

「う、わああ……」

「ガンダルだ……ガンダルがきた……」

「いったい……何しにきたんだ」

「そ、そりゃあ……見にきたんだろうよ」

「見にって——なにを……」

「ばか、グンドに決まってるじゃないか」

「おお、グンドの……決勝戦を？」

「だ、だが……こんなことって……」

観衆のほうは、少なくとも毎年の水神祭りの闘技大会で、この十年以上は、この怪物が登場し、そしてもっとも花形である大平剣の部の優勝をかっさらってゆくことに見慣れている。

それでも、それだけ見慣れたものたちの目にもガンダルは異形であったし、ましてこのあやしげな鋼鉄の鎧かぶとに身を包んだすがたはさらに異容であった。

「こんなことって、はじめてだ……」

逆にそして、ガンダルの戦いぶりや、闘技大会での居かたを見慣れたものたちほど、驚愕はさめやらなかった。

これまで、タイスに到着してからというもの、完全な特別扱いで、わざわざ紅鶴城に作らせた、別仕立ての天井も高く横幅も広い通路だけを使って往復する別棟に閉じこもったきり、最初に一回だけお目見得の宴で姿をあらわしてからというもの、ガンダルは一歩たりとも、その別棟から出てこようとしてはおらぬ。

食事についても、そこでこの七日間のあいだ、何をしていたのか、どのように過ごしていたのか、ということについても、やはり彼はまったくの秘密に包まれていた。まったく、その別棟のなかがどうなっていて、ガンダルがどのような日常を送っているのか、ということについては、完全な秘中の秘にされていたのだ。

当然また、「ガンダルは男の赤ん坊の生肉をしかくらわないので、こっそり赤ん坊が闇取引で運びこまれたらしい」とか、「若いみめよい剣闘士が何人か特別棟に連れてゆかれたが、ひとりとして戻ってきたものはない」だとかといった風評が、紅鶴城のみならず、タイスの町なかにも乱れとんでいたが、それが本当であるのかどうかをもまた、証拠だてるものは何ひとつなかった。

とにかくガンダルについては何もかもが闇に包まれていた――それゆえに、また、ありとあらゆる憶測が可能でもあった。人々は、これまでのガンダルの闘技会における歴史でつちかわれた、ありとあらゆる風評と伝説を総ざらいして、またあらたな伝説を組み立てるのに熱心であったが、肝心の当人のほうは一切とにかく、闘技会場にも、また水神迎えだろうが、祭りの開会式だろうが、当然宴会にも、何ひとつとしてあらわれてこようとはしなかったから、今回のガンダルについての手がかりというのは、ただあの、歓迎の宴でグンドにつかみかかった、あのひと幕のうわさだけしかなかった。

それだけでももう充分に神秘に包まれていたのに、その当人が、突然、かつてこれまでの闘技会でひとたびとしてしたことのないことをしたのだ。

これまで、ガンダルは一度として、おのれの作り上げたその伝説を破ったこととてもなく、一回として、闘技場に他の闘技士のたたかいぶりを見にあらわれたことなどなかったのだった。それがかえって、ガンダルの神秘性をいや増すのに役立っていたのだったが——

(すげえ……)

(ってことは、それほどまでに、グンドを……かってるってことだな)

(というか、恐れてるんじゃないのか、ガンダルは?)

(じゃあ、これまでのグンドの戦いぶりが耳に入って、とうとう、たまりかねて——その目で見たくなったんだな!)

(すげえ……)

(ほんとに、すげえな。うわさにきいていたよりもっとでけえ。まるで人間の鉄山みた

いだ）

（ばか、俺がすげえっていったのは、グンドのこったよ。あのガンダルに、ここまでおそれさせたり、警戒させるなんて——やっぱり、グンドってのは、なみたいていのやつじゃねえや……）

ことに、ねっから闘技好きのタイスの常連たちは、夢中になって囁きあった。

そうしながらも、なかばうっとりと魅せられて、誰もいない特別桟敷のど真ん中にどしりと腰を据えた、ガンダルのぶきみな小山のような姿に目を吸い寄せられていた。怖いのだが、どうしても見ずにはいられない、というように、最初きゃあきゃあ叫んで失神した御婦人たちも、連れにしがみついたまま、こっそりと反対側の席からだということに安心して、ガンダルにみとれていた。

（本当は、あの鎧かぶとをとったら、なかみはどのくらいなのかしら……）

（そうだなあ、案外、いくらなんでもあの鎧かぶとそのもの全部とはいかんだろう。なんぼなんでもそれじゃあ人間ばなれしていすぎらあな）

（いや、でもいくらなんでも、あれをとって普通のちょっと大柄なくらいの男があらわれたら、物笑いの種だからな）

（おや、そういうお前は、これまで生のガンダルを見たことがなかったのか）

（いや、だから、去年の闘技会で見たんだけどな！　そりゃ確かに、えらい大きな男だとは思ったが、しかし、あの鎧かぶとをつけたままじゃあなあ……）

（ああ、たしか去年は、挑戦者になったサバスは、グンドよりは少し小さかったはずだよな）

（そうそう、それで、かなり、ガンダルよりは小さかったんだ。相当よく戦ったとは思うが、それでも二、三合であっけなく、やられちまった）

（気の毒に、だが、そりゃあ、ふつうの人間にゃ、あんな化け物をたおすなんてことは出来るわけがねえんだ）

（だよな！　まったくだ）

（なんだ、それじゃあ、まるでグンドがふつうの人間じゃねえみたいじゃないか）

（あたぼうよ、奴ぁ豹頭なんだぜ。普通の人間じゃねえじゃねえか）

（だってあの豹頭は、魔道師が作ったものだそうじゃないの。ケイロニアの豹頭王とはわけが違うよ。しょせん、まがいもののかぶりものだよ）

（てやんでえ、女に何がわかる。ケイロニアの豹頭王だって、魔道師が作ったかぶりもののまがいものかもしれねえじゃねえか）

（あらやだ、このひとってば、ひいきだもんだから、グンドにけちをつけられたと思ってそんなに血相かえるんだよ）

（うるせえな、とにかく、ガンダルがいかに化け物だって、グンドが負けるわけがあるもんか――）

（うーむ、しかし……でけえなあ……）

ありとあるさんざめき、ざわめき、ひそやかなどよめきなど、ものともせぬかのように、ガンダルは、傲然と座っていた。

ときたまその巨大な頭がぐっと動いて、あまりにやかましい方向へ向けられ、兜のなかから、赤く燃える目がぎろりとそちらを見ると、たちまちそっちから悲鳴が起こる。それはさぞかし、ガンダルにしてみれば面白おかしいありさまだったにも違いない。おのれの一挙手一投足に人々がおののき、ふるえあがり、注目し続けているのだ。そのようなありさまにはもう馴れっこだっただろうとは云いながら、どっしりと座り込んだガンダルの様子のなかには、いささかの満足げな、してやったりというようすもうかがうことが出来た。

ガンダルは凶々しい巌のようにどっしりと座ったまま、あとは何も動かずに試合のはじまるのをただ待っていた。人々も、どうしてもそのようすに目を向けずにはいられなかったが、ひそひそとささやきあいながらも、しだいにそこにガンダルがいることに馴れてきて、騒ぎのほうは少しづつ静まっていった。

やがて、タリク大公の一行が貴賓席に到着して、またしてもひと騒ぎがもちあがった。あらかじめ、ガンダルが特別席に姿をあらわしていることは、タイス伯爵たちには知らせがいっていたに違いなく、誰も、貴賓席に入った客たちは騒ぐものはいなかったが、特別桟敷はそれぞれにすでに貴紳淑女たちに割り振られていて、その最前列のまんなかにどしりとガンダルが座り込んだのだから、本当はそこの席に座るはずだったものが押しのけられてしまったのはやむを得なかった。

だが、誰もそれについて文句をいうほど勇気のあるものはいなかったので、そのへんの座席の本来の持ち主はこそこそと、かわりの座席をあてがってもらってそこに逃げ込んだ。また、ガンダルに、すぐ近くに座りたいと思うほど豪胆なものは誰もいなかったので、ガンダルのかけている周辺の三タッド四方の席は、来賓たちが到着してもあいたままで、それらのものたちはまた、新しい席を用意しろと闘技場の係員たちにごねて困らせていた。だが、どうしても、みな、ガンダルの近くには寄りたくなかったのだ。万一にもガンダルが、試合の成り行きに激昂して暴れ出すようなことでもあったりしようものなら、その近所にいたものたちから、どんどんとっ捕まえられて、頭ごとかじられてしまうにちがいない、というような妄想が、タイス貴族たちの頭を占めていたのに間違いなかった。

ガンダルはだが、いたって大人しくしており、さながら動かざる山のようにじっとしていた。タリク大公が、豪華な綾織りの正装に威儀を正して大闘技場のロイヤル・ボックスに、タイス伯爵とその着飾った一家眷族を従えて入場してくると、ガンダルのことをもようやく忘れたかのように、闘技場全体に「大公万歳！　タリク大公閣下万歳！」という盛大な歓呼の声が起きた。

「クム万歳！　タリク大公閣下万歳！」

いかにも、この国が平和に治まっていて満ち足りていることの証明であるようなその歓呼の声に、タリク大公は満足げに右手をあげて応えた。大公はルーアンに逃げ出した数日のあいだに、アン・シア・リン姫とその父親のおそるべき執拗な攻勢からまぬかれたことでよほどほっとしたのであるとみえ、顔色までもぐんとよくなっていた。タイス伯爵とアン・シア・リン姫は早速その大公の両側にぴったりとくっついていたが、もうこのあとは、ほんの三、四日我慢すればこの責め苦からは逃れられるのだ、と確信していたからだろう、タリク大公の顔はまったく明るくなり、それに何歳か若返ったようにさえ見えた。エン・シアン宰相が大公の右うしろに、左うしろには白髪白鬚も目にたつ有名なアン・ダン・ファン前宰相がひかえていた。ひとつには、大公の元気の原因はこのアン・ダン・ファンもと宰相にもあったのかもしれない。きわめて高齢だとはいえ、まだこの老人はクム国内にそれなりな勢力をふるっていたので、老人からみたらまだまだ小僧っ子のようなタイス伯爵など、とうてい、敵すべくもないだろう、ということは、いざとなればアン・ダン・ファン公爵のうしろに逃げ込めばいいだろう、という気持が、タリク大公にはあったのに違いなかったのである。

それに、ガンダルが思いがけなくも登場していたことも、タリク大公にはなかなかに愉快なことであったに違いなく、この自慢の英雄を見やったタリク大公の顔はいちだんと満足そうであった。また、ガンダルもよく心得ており、巌のごとく座っていたのであるが、タリク大公のご出座が告げられるとまたしても、がちゃり、がちゃり、という音をたてながら立ち上がって、きちんと臣下の礼をとり、満場を埋めたクム国民たちとまったく同じく、胸に巨大な手をあてて、タリク大公に対する歓迎と恭順の意を表したのであった。

タリク大公は片手をあげて「わが臣民たち」の歓呼にこたえた。そして、ゆっくりと、豪華な綾織りのマントと、その下の錦織りの胴着をさわさわ云わせながら貴賓席の中央の、天蓋のある席に腰をおろした。その両側から、おえらがたが次々と座ってゆくあいだ、他のもっと身分の低いものたちはずっと立って待っていなくてはならなかった。当然、試合の開始もその分、ずっと遅れることとなったが、誰も文句などは言わなかった。

ようやく、次々と偉いほうから順々にお歴々がすべて腰を下ろしてしまうまで、闘技場を埋めた群衆はじっと立って大人しく待っていた。むろんガンダルもであった。そして、ようやくさいごの文官武官が腰を下ろし終わると、しもじもの人々もほっとして腰をおろした。

ガンダルはなおも立っていた。それから、まるで自分はまったく特別なのだ、ということを見せつけるかのように、全員が座り終わった最後に、まわり一面がぽかりと空席になっているもとの桟敷に、悠然と腰をおろしたのであった。

人々はだが、もうこんどはガンダルにばかり気を取られてはいなかった。それよりも、ようやく迫ってきた試合の開始のほうが、にわかに人々の関心をとらえてしまっていたのだ。

「まだか……」

「もうじき最初の鐘が鳴るだろう。もうじきだよ」

「いい加減、しびれをきらしてしまわないかな」

「あまり、あっさり片付けてしまわないといいんだが……」

人々がざわめきながら、あれこれと取沙汰していたときだった。

ぐいとガンダルが身をのりだしたのでまた人々ははっとした。そのとき、東の門が大きな音をたてて開いたのであった。

第三話　女闘王

1

「東、タイス闘王位一位、グンド！」

みたび、グインの名を告げる声がにわかにしずまりかえった闘技場に響いていった。人々は惜しみなく喝采したが、その喝采は、きのうほど爆発的ではなかった。それはグインの登場をかれらがさして歓迎しなかったから、というわけではむろんなかった。ひとつにはかれらは明らかにそこに傲然と座しているガンダルにはばかっていた。あまりに巨大な歓声が挑戦者になるであろうグンドに向けて送られると、ガンダルが逆上して暴れ出したりはせぬか、というおそれは、人々のなかには実はひそかに存在していたのだ。

だが、それにもまして、すでに、なんというかその喝采は、もう、「わかりきったこと」になっていたのだった。もう、グインはきのうと、そしておとといの二つの試合とで、すでに「新来の英雄」ではなかった。タイスの人々にとっては、その前のタイス四強との試合も含めて、すでに闘王グンドは「タイスの誇る英雄」であった。それゆえに、地元タイスの人々の喝采は、まるで、真の王者に対する歓呼のように、爆発的に興奮するよりも、かなり畏れを含んだ——畏敬のひびきの強いものになりかわっていたのだ。

もとよりタイスの市民たちにとっては闘王は英雄であったが、それでも、それはある意味では剣闘をきそう芸人であった。だが、いまここに堂々と銀色のマントをまとってあらわれたグンドは、王冠こそいただいてはおらね、すでにタイスの市民たちにとっては、強い崇拝の対象でこそあれ、喝采して声援を送るだけの「贔屓の剣闘士」というのとも、微妙に変わってきはじめていたのだ。

やや静かな、だが熱狂的な喝采と歓呼はその変化のきざしであった。かわって「西、黒毛のアシュロン」と告げられて登場してきた《奇蹟の剣士》のほうが、むしろ、タイスの英雄に立ち向かう新参の挑戦者、としてあたたかな拍手と、同時に多少冷やかしまじりの野次をあびせられたのであった。

《奇蹟の剣士》黒毛のアシュロンもだが、これは一応あるていど名前の通った剣士であったし、これまでもいくつもの闘技大会で優勝したこともあったので、ずいぶんと落ち着いた登場であった。またかりそめにも「奇蹟の」とまでいわれるほどに、おのれの剣技に自負も持っていたのである。すでに、タイスの闘王・グンドがとてつもない戦士である、ということは当然アシュロンも知っていたし、これまでの試合も見ていたので、油断もなかったし、おそらくは自分も勝てるとは思っておらなかったかもしれないが、黒いマントと黒づくめのいでたちに身を包んで、その渾名のごとく黒々とした長い髪の毛をうしろにひとくくりにした、こわい黒いひげをあごにもはやした大男である黒毛のアシュロンのようすはきわめて落ち着いていた。

人々が黄色と黒の布をうちふってグンドを応援していることを示している観客席を見上げても、べつだん動揺したようすもなかった。アシュロンとグインとが並んで宣誓のために進み出ると、またふたたび、アシュロンのほうがグインよりも頭半分くらい小さいことが人々の目にもはっきりとうつった。

落ち着いてもう馴れてきた宣誓を唱えたグインのほうは、観客席の、しかも正面のまんなかに腰をすえているガンダルの怪異なすがたが、目に入らぬわけはなかった。だが、グインの豹頭にはいささかの動揺も浮かばなかった——もっとも、その豹頭には、動揺した表情を浮かべるすべもなかったのであるが。ガンダルもまた、身じろぎひとつせず、それこそこんどは完璧に鋼鉄で作られた彫像のようになって、じっとかぶとのなかで目を赤く燃やしながら《グンド》のようすを隅から隅まで観察し続けていた。

ガンダルはまったく、グイン以外のものになど、何の興味も示してはおらぬようであった。じっとその目はただ、ひたすらグインの上に据えられ、ただのひとたびもアシュロンのほうになど、向かなかった。また、ガンダルににらみつけられたとしたら、アシュロン自身もかなり愕いたことだろう。アシュロンも、ガンダルがグインをしか見ないことに何の不思議ももたぬように見えた。

審判が開戦を宣言し、二人の剣闘士たちが、それぞれの愛剣を手にして、闘技場のまんなかの、ちょっと高くなった白砂の丘に進み出ると――そこは通称では『(闘神)マヌの寝床』とか『マヌの丘』とかと呼ばれていたのだが――たちまち観客席はしいんとしずまりかえった。

もっと小さな試合だと、興奮して大声をあげる観客たちは、今日は、グインのどんな小さな動きでも見逃すまいとして、しずまりかえっていた。いっせいに観客席のあちこちで遠眼鏡がひるがえり、その水晶製のレンズがきらきらと遅い午後の太陽を受けてきらめいた。闘技場の白砂もまた、太陽の光をうけて、きらきらと光っていた。

遠くから、おそらくはマイヨーナの神殿のもよおしなのだろう、歌声や楽器の調べが風にのってきこえてくる。それが聞き分けられるほどに大闘技場はしんと静かになり、空気はいやが上にもはりつめていた。

観客席のロイヤル・ボックスでは、タリク大公とタイス伯爵とが、それぞれに息をのんで、愛用のたいへん高価そうな、観客たちが持っているものより数段上等の遠眼鏡を目にあてて身を乗り出した。

また、下の闘技士席、芸人席などにわけられたそれぞれの席では、リギアや、ブランや、観客達の拍手を受けて席についた《青のドーカス》、またマリウスたちが、熱心に息を詰めて、かれらの英雄のなりゆきや如何と見守っていた。むろん、かれらはグインの勝利をこの広い大闘技場のなかでさえ、もっとも疑っておらぬ人々であったが、それでも、試合開始の緊張感には思わず固唾を呑まずにはいられなかったのだ。だが、ガンダルは、まさしく盤石のごとくに動かなかった。

「かかれ!」

じっと見合ったまま、どちらからも仕掛けてゆかぬ両闘技士に業を煮やしたように、審判から、鋭い号令が発せられた。その瞬間に、黒毛のアシュロンが動いた。

はじかれたように、《奇蹟の戦士》は剣のさやをはらうと同時に、巨大なグインに向かって突進してきた。さすがに、決勝戦まで進出してきて、そして何回もあちこちで優勝もし、また伊達に「奇蹟の戦士」などと名乗っているわけではないことがわかる、なかなかにみごとな足さばきであった。黒いひげにつつまれた顔はごつくて実直そうであったが、きわめて勇敢そうであり、また、額にも頰にも、白い古傷が刻まれているのも、アシュロンが百戦練磨の剣闘士であることのあかしのようであった。

グインは悠揚迫らずアシュロンの突進を迎えた。そして、かるく剣を抜いて身構えたまま、アシュロンがぎりぎりまで迫るまで、身動きひとつせずにいた。

グインが、観客席にいるガンダルの視線をどのように意識しているのか、そしてその目に見られながら、明後日の王座決定試合のために、どのようにおのれの手の内を見せるのか、あるいは見せまいとするのか――その点にも、見巧者を自認するタイスの観客たちの興味は集中していた。だが、相変わらず、グインは何ひとつ、雑念ひとつ持っておらぬようであった。

グインは落ち着き払ってアシュロンの突進を待ち受け、そして大上段にふりかぶったアシュロンが、するどいかけ声もろとも上から打ち込んでくるのを、ひらりと紙一重まで接近させてから左にかわした。アシュロンがすかさず剣をかえして第二撃を加えてくる。《奇蹟の剣士》の切尖はなかなかに鋭く、また相当な腕力がなくては振り回せないので、この競技で上位まで進出する剣闘士は基本的にはかなり大柄で筋肉をよく鍛えぬいたものに限られる大平剣という武器を、「奇蹟」の名に恥じぬほどにちゃんとおのれのものにしていた。若手の剣闘士のなかには、見かけはでかくていかにも体力がありそうに見えながら、実際には何合か打ち合うと大平剣という大きくて長い武器の重たさにふりまわされ、へろへろとなってしまったり、剣勢を失ってしまうものもありがちだったのだが、アシュロンはさながらおのれの手の延長のように大平剣を苦もなくふりまわしていた。よく腰の入った動きで、アシュロンが二撃、三撃と打ち込んでくるのを、グインはいずれも、剣で払いのけるのではなく、ひらりひらりと、相変わらずの巨体に似合わぬ柔軟でかろやかな身のこなしでかわしていた。

その、グインの特徴的なものである、それだけの巨体とも思わせぬ身軽で柔らかいしなやかな動き——それをもう、アシュロンはこれまでのグンドのほかの戦いを見て充分に研究していたに違いない。奇手妙手に頼ろうとせず、正面からまっしぐらにくりかえしくりかえし、アシュロンは踏み込んで追いかけてきては、激しく斬りかかってきた。何回かよけてから、ようやくグインは剣を前にあげた。上から大きな気合いもろとも打ち下ろされてくるアシュロンの剣を、おのれの剣を真横にかまえて受け止める。巨大な重たい鋼鉄の剣と剣がぶつかりあったせつな、火花が散った。

「エエーイッ！」

アシュロンの口から烈帛の気合いがもれ、アシュロンは思いきりそのまま切り下ろそうとふりかぶった腕にありったけの力をこめる。だが、グインは、びくともしなかった。アシュロンよりも頭半分背の高いグインを上から切り下ろすためにアシュロンは飛び上がって上から打ち込んできたが、グインはそれを、膝をまげてかなり身を低くして受け止めた。

が、ふいに、ぱっと剣をひくと同時にうしろにとびすさった。いきなりはずされてアシュロンがたたらをふむ。すかさずグインがまわりこんではじめて攻めを繰り出す。

だが、アシュロンも負けてはおらぬ。すばやく体勢を立て直し、背中ごしにグインの剣を受け止めるなり、彼自身も身を沈めてからだを入れ替え、グインの足元をなぎはらってきた。すかさずグインがかろやかに飛び上がってよける。

アシュロンは戦いに集中しているかのように、いっさい無駄口を叩かなかった。すでにその髭の濃い顔に汗をじっとりと滲ませながら、黒い目に満々の闘志をもやし、細心の注意を払ってふたたび体勢を立て直してくる。なかなかの大試合になった、という印象があった。

「来い!」

アシュロンの口から怒号がもれた。そのままた、こんどはアシュロンは、斜めに剣をかまえて立ったグインに、無理矢理に隙を見つけて強引にななめ右上から剣をかまえながら突進した。大きく右肩にふりかぶって左へと袈裟懸けに切り下ろす。それをグインは下からアシュロンの剣を払いのけると同時にこまかく剣先をひいては突きだして、おそるべき速さの突きを繰り出した。

「わっ!」

アシュロンの口から悲鳴のような叫びが洩れた。そのままアシュロンはその目にもとまらぬ突きをかわそうと、われからうしろに倒れ込んだが、そのままぐるりとうしろざまに一回転して立ち上がり、背中を白砂まみれにしたまま、ものともせずに剣をとりなおし、構え直した。グインはかまわず、さらに鋭い気合いを放ちながらくりかえして突きの攻勢をかける。アシュロンはなんとかその突きをかわしながらグインのうちぶところにとびこんで切り下げるか、切り上げようと、剣先でグインの突きを払いのけ続ける。カン、カン、カン、カン、と鋭い音がたてつづけに闘技場に響き渡る。

それまで、観客たちは、まるで静寂を誰かに命じられたかのように、息を殺し、息をつめてじっと見つめていた。だが、ついに、誰かがたまりかねた。

「グンド！　グンドーッ！」

誰かが絶叫したのを皮切りに、みるみる闘技場は、絶叫の嵐となった。

「グンド！　グンド！」

「グンド！　グンド！」

だが、その声援はほとんど、「グンド！」一色であった。

もうだが、その声もアシュロンの耳に入ってはいなかったに違いない。すでに一合、二合と打ち合ってゆくうちに、またしても、これまでのグインが見せてきた試合とまったく同じ経過が起こり始めていた。

攻撃力やその多彩さ、速度などにはそれぞれ差こそあれ、挑戦者たちが、必死の形相で激しく攻めをくりだし、グインはそれをゆとりをもってよける。そして、ときたまやはりゆとりをもったまま反撃に出るのだが、それはまったく本気で相手を倒そうとしている殺気を感じさせないままだ。だが、相手はその反撃をかわすために死にものぐるいになる。そして、そのようなたたかいぶりがしばらく続いているあいだに、どんどん挑戦者の側は体力をつかいはたし、消耗して来、一方グインのほうは平然としていて、たったいま試合がはじまった、とでもいうかのようなようすでいる。そして、そうするうちについに相手は汗だくになり、膝にきて、攻撃の力もにぶってくる。とたんに、グインがうちぶところにとびこんできて剣をまきあげて払い落とし、次の瞬間挑戦者は白砂の上に、剣でうたれたわけでもなく無傷で、だが完全に戦意を喪ってうち倒されている、という、これまでの試合の経緯は、それに使われた時間の多寡はあっても、ひとしなみにそのような経過を辿ったものばかりだったのだ。

ガンダルがじっと赤く目を燃やして見守っていることなど、グインはべつだん気にもとめておらぬかのようであった。ガンダルはじっさい、グインのすべての動き、すべての攻撃を頭のなかにたたき込んでおこうとでもいうかのように、かたときもグインから目をはなさなかった——そのことで、すでに、満場の大観衆に、これまでのあの荒々しい、おぞましくもある怪奇な数々の伝説にもかかわらず、この巨大なえたいのしれぬ剣闘士が、本当は知能がないわけでもなく、むしろなみはずれて用意周到な頭脳型の戦士であるのだ、ということを、人々に明らかにしてしまっていたが、いっこうにこれまた気に留める様子もなかった。

だが、グインのほうは、ガンダルが見ていることで手の内を出し控えようとか、あるいはなんらかの誤解を招いてやろうとか、そのようなことも一切考えるようすとてもなかった。グインはただ、落ち着いて、アシュロンの攻撃を受け流し続け、ときたま軽く反撃に出ては、アシュロンが受け止めかねるとさっとまた退いてまたしてもアシュロンに体勢を立て直させて、アシュロンの攻撃を受け止める——ということを繰り返しているだけであった。その意味では、たとえアシュロンが昨日のアルカムイや、まして初戦のエルムなどよりはずいぶんとすぐれた戦士であったとしても、つまるところはグインにとっては、決してそれは、それまでのそのグインのいささか手を抜いた戦いぶりをかえさせるだけの力を持っているわけではなかったのだ。

だが一方ではまた、グインは一瞬たりとも気を抜かず、きわめてきっちりと基本に忠実に、何のあぶなげもなく戦っていた。そして、昨日と同じく、グインが（もうよかろう）と思ったのだ、ということが、満場の観衆にさえまざまざとわかるようにさえ思われた一瞬。

いきなり、グインのからだが、これまでの何倍にも巨大に膨れあがるように思われ、またこれまでの何倍もの速度で動き出したようにみえ、そして、次の瞬間、アシュロンの口から激しい悲鳴がもれたと同時にアシュロンの手から、まるで魔術のように剣がまきあげられてたかだかと宙に舞い上がっていた。

「グンド！」

「わああっ！」

それは、まさしく、グインとガンダルとの決戦――それが訪れることを疑っていたものは誰ひとりいなかったといいながら――が決定した瞬間であったから、たちまち、大闘技場を埋め尽くした観客の口から、嵐のような怒号が飛びだした。そのなかで、アシュロンは、がくりと膝をつき、降参の意を表していた。だが誰もアシュロンに罵声を投げかけたり、野次でいたぶろうとするものはいなかった。アシュロンは正々堂々と戦って敗れたのだし、それにどちらにせよ、観客たちは最初から、この試合はグンドとガンダルとの試合を導き出すためだけの段取りにすぎない、と考えていたのだから。アシュロンの剣はたかだかと中天に舞い上がり、そして、審判が白い旗を東にむけていっせいにうちふるのにまるであわせたように、闘技場に落ちてきて白砂の上に突き立った。

その――

利那であった。

「わあーッ！」

ふいにグンドの勝利をたたえる拍手と歓呼が、悲鳴に変わった！

「グンドォォ！」

グインの勝利が確定した、その利那。

けたたましいガチャガチャという金属の悲鳴のような音もろとも、ガンダルが動いた！

その口から、野獣のような声がほとばしり、同時に、ガンダルが、信じがたい恐るべき筋力をみせて、その重たい鋼鉄の鎧かぶとに全身を覆われたまま、闘技場の観客席の一番下、観客席とアリーナそのものとをへだてる塀に手をかけ、それを飛び越えたのだ！

「ひいいッ！」

「ガ、ガンダルが怒りだしたぁ！」

「ガンダルが暴れ出したーッ！」

「た、助けてくれ！」

「いや違う、グンドが危い！」

「逃げろ、グンド！」

「ガンダルは明後日まで待てないんだ！」

すさまじい悲鳴と叫び声が闘技場をつんざいた。

その悲鳴と怒号のなか、ガンダルは、ガチャガチャと重たいやかましい音をたてまくりながら、白砂の上に立つグインめがけて突進した！

「ガンダル！」

恐慌の悲鳴が、審判席や、また貴賓席からさえ上がった。

「ガンダル、どうするつもりだ！」

「やめんか、ガンダル！」

「よせ。戻ってこい！　まだ早い、お前の出番は明後日だ！」

その、小屋主の声さえもまったく聞こえぬかのように、ガンダルはガチャガチャと鎧を鳴らして、白砂の上を、そのからだの重さを思えば信じがたいほどの、かなりの速さでグインに駈け寄っていった。

グインは剣を手にしたまま、とっくにガンダルの行動には気付いていたが、べつだん何の反応も見せようとせずに立っていた。アシュロンが、膝をついてがっくりとくずおれていた白砂の上からあわててとびのいた。あわてて西の門をあけて係員たちが手招きするのへ、ほうほうのていでそちらにむけて走り込んでゆく。砂の上にはアシュロンの剣が突き立ったまま残されていた。一瞬、それをつかみとって、ガンダルがグンドに斬りかかり、このままこの場で非公式の「王座決定戦」が開始されるのかと、満場の大観衆がおそれ――あるいは期待した！

だが、ガンダルは、アシュロンの剣には目もくれようとせず、ひたすら、グインめがけて駈け寄っていった。そして、ついに白砂の上に、グインとむきあって立った。

「おお……」

思わず観衆の口から呻くような声が漏れる。

そうして、二人が対峙するところ――

それをこそ、人々はどれほど長いこと、見たいと念じ続けてきたことだろう。どうせこのあと二日で実現するのだと思ってはいても待ちかねるその対峙が、はからずも二日も早く、現実となったのだった。

グインは静かに白砂の上に立っていた。ガンダルは斬りかかろうとするわけではなく、グインからものの三タッドくらいのところに足をとめ、傲然とグインを見下ろした。本当の正味がどのくらいあるのかはわからぬにせよ、ガンダルのほうが、鎧かぶとこみでは、明瞭にグインよりも一タール近く背が高かった。横もまるきり動き出した伝説の、レントの海の青銅の巨人ゴーンそのものであった。

さきにアシュロンと同じく対峙したときには、グインのほうが頭半分ほども背が高かったが、いまは、グインが見下ろされていた。それにグインはマントと剣帯と足通しだけの軽装であり、あいては巨大な鋼鉄の鎧かぶとにぶきみに身を包んでいる。グインは、伝説の巨人ゴーンに単身立ち向かった、これも吟遊詩人のお気に入りのうら若き海の英雄、ヘリオスのように小さくさえ見えた。もっともヘリオスはこのように豹頭は持ち合わせていなかったはずであったが。

「うあああ……」

人々の口から、呻き声がもれた。

「す、すごい……」

「どうするつもりだ……ガンダルは……」

ガンダルは、グインだけにしか見えぬ、赤く燃える目を、先日の初対面のときと同様まっすぐにグインに向け、ひたとグインを見下ろしている。

「ガンダル！　戻れ。戻らぬか！」

審判が大声で叫びたてていたが、それも耳には入らぬようであった。

風が白砂を吹き散らし、グインのマントをはためかせた。そのなかに、《青銅の巨人》の生まれ変わりのような怪物戦士は、傲然と立っていた。

「よい太刀筋だな。きさま」

あの、重々しい、奇妙な作り声のような声が、ガンダルの口もとから洩れた。

グインはじっとトパーズ色の目でガンダルを見返していた。

「きさまが、《ほんもの》ではないかといううわさがとんでいるぞ」

ガンダルが囁くように云った。ガンダルが何をいっているのかは、グイン以外の誰にも聞こえなかった。

「きさまが、ケイロニアの豹頭王グインか。そうなのか」

「違う」

グインは明瞭に答えた。

「俺は大道芸人グンド。ケイロニアとは縁もゆかりもない」

「本当だな」

ガンダルの目が赤く燃え上がっている。それは、憎悪とも闘志とも——なんとも形容のしようもない、不思議な光を湛えてグインからはなれなかった。

「何でもよい。きさまの信じる神に誓え」

「俺は神のことはよくわからぬ」

グインは静かに答えた。

「だが、中原のしきたりにしたがい、俺がもっとも親しみを感じる運命神ヤーンに誓おう。俺は大道芸人グンドだ。ケイロニアの豹頭王グインなどではない。俺は豹頭王グインに似せて魔道をかけてもらってこのような姿になった。それ以外では、豹頭王とはむろん面識もない。何のゆかりもない」

「覚えておけ。きさまは、神に誓ったぞ。グンド」

ガンダルが、ぐいと手をのばした。

誰かが甲高い、引き裂くような悲鳴をあげた。だが、ガンダルは、そちらを見ようともせずに、砂の上に突き立っていたアシュロンの剣を引き抜いたのだった。

誰もが、ガンダルが次の刹那、グインと激しく切り結びはじめるのか、とおそれ——あるいは期待した。だが、ガンダルは、右手でぬいた剣を胸の前に持って来、左手を剣先にそえた。ガンダルの、分厚い鉄編みの籠手につつまれた手ががっしりとアシュロンの剣先をつかんでいた。

「もしきさまが偽りをいったなら、きさまはいま誓ったヤーンのむくいでこの剣のようになるのだぞ。覚えておけ」

ガンダルが、ガッと両腕に力をこめたのが、鎧の上からさえ、肩がぐいと盛り上がったのでわかった。

しばし闘技場をおそろしい静寂が支配した。そのなかで、ガンダルは、すさまじい気合いもろとも、アシュロンの剣を、ぼきりと真ん中からへし折った！

2

「う——わあ……」

「す、す——素手で、剣を……へし折りやがった……」

仰天した観衆の口から、かすれた、怯えた叫びが洩れた。

ガンダルは、まっぷたつに折れた剣を両方の手で、左右に放り捨てた。

「駄剣だ」

ガンダルは吐き捨てた。

「それとも、きさまの攻撃でいたんでいたか。ちゃんと見ていたぞ。きさま、アシュロンの剣に切り下ろすとき、十回のうち十回まで、ほぼ正確に同じところ、剣の真ん中を狙ったな。それがきさまの戦法というわけか」

「さあ」

グインはやはり静かに答えた。

「そのようなことは考えていなかった。偶然だろう」

「抜かすな。グンド」

ガンダルが吠えた。

「偶然であのようなことが出来るほうがかえって不自然だ。きさま、剣の同じ場所を攻めて、剣を折り、相手を降参させるのが、得意の戦法か」

「俺には得意の戦法も何もない。ただ、きた剣を受け、そして隙があればそこを突くだけだ」

「確かにいい突きだった。だが、あの突きなど俺には通じんぞ。豹頭のグンド」

「……………」

「答えろ」

「何をだ」

「きさまの剣は俺には通じんと云っているのだ。臆病者め」

「何も答えることはないと思う」

「なんだと……」

かぶとのなかで、大きな、目のところにあけられた穴のなかで、赤く燃える目がすっと細められる。

そのとき、タリク大公の叫びが響いた。

「何をしている！　ガンダル、お前は闘技士のおきてにそむいて不戦敗を喫する気か！

いまならまだ間に合うぞ。戻れ。いますぐ、戻るのだ。戻れば、いまなら、この出すぎたふるまい、闘技場の神聖をけがす仕打ちは大目に見てやる」

「………」

うるさい子犬め、とでもいいたげに、ガンダルは、まるでからかうようにおのれの小屋主にしてクムの大公にむけて、丁重に、胸に手をあてて一礼した。

そして、いきなり、もうグインには見向きもせず、のしのしと、相変わらずがちゃり、がちゃりと音をたてながら、白砂の上を歩き出した。だが、それは観客席に戻るためではなかった。

そのまま、ガンダルは、アシュロンが入っていった西のゲートを目指してゆき、あわてて係員があけた門のなかに、身をかがめてのしのしと入っていってしまった。ガンダルの姿がまったく消えてしまってからでさえ、満場を埋めた大観衆は、まだ、ガチャリ、ガチャリ、という、あの耳ざわりな音が続いているかのように思われて、身動きも出来なかった。

ようやく、うろたえたタイ・ソン伯爵の指図を受けて、あわてて審判長が白旗をあらためて振り直し、グンドの決勝戦勝利と、最終日の「王座決定戦」進出を確認したが、ようやく緊張がほぐれるや、わあ、わあとたいへんな怒号と騒ぎが闘技場全体に持ち上がりかけていた。いろいろなものが観客席から闘技場にめがけて飛んでいった——もっともそれはグインをめがけたものではなく、ただ、観衆たちが、おのれの興奮をどのようにしてしずめてよいものか、わからなくなったがゆえの、たかぶりのあまりの所業であることは明白だった。

急いでかけつけた係員に誘導されて、グインが東の門に入り、姿を消すと、場内の騒ぎはもうとどめるものとてもなく、どんどんたかまってゆくばかりだった。みなが、てんでに、どうしてよいかわからぬように、たかぶりをもてあまして叫びたてていた。わあ、わあとわけのわからぬ歓声、喚声が大闘技場全体を埋めつくしていた。

「もしやとは思いますが、暴動になるやもしれませぬ。大公閣下には、そろそろお城にお戻りを」

あわてて、小姓頭が進言したので、タイス伯爵もあわててタリク大公の前に手をさしのべた。

「むろん栄光ある大公閣下にクム国民による危害が及ぶようなことは、このタイスでは金輪際ございませぬ。さりながらみな、狂ったように興奮いたしております。もはや、帰城なされましょう」

「すごいな」

タリク大公はいくぶんうつろな目つきになりながらつぶやいた。

「この次に何も試合がなくてよかった。この後に試合があったなら、敗者や、もし勝っても何か卑怯なことをしたと観衆に思われたら、その闘技士たちは、素手で引き裂かれてしまいそうだ。みな、それほどにたかぶっている」

「伝説的な、三百五十年前の闘技大会の決勝でおこなわれたいかさまに激怒した群衆が、二人の決勝の闘士たちをあとかたもないこなごなの肉塊に引き裂いてしまった、というあの『ギデオンの悲劇』がくりかえされるようなことは、二度とはあってはなりませぬ」

重々しくタイ・ソン伯爵は宣言した。そして大公の退出を見送り、自分もそうそうにひきあげるために立ち上がった。

「クム大公タリク閣下、ご退座！」

ふれ係の声が響き渡ると、それでも頭の血ののぼった群衆は、一応さわぎを少しはしずめておのれの支配者にかっさいと礼儀正しい歓呼を送った。その声をあびてタリク大公は悠然と、まとっていたごわごわする錦のマントをひきよせ、国民たちに手をあげて挨拶すると、誘導されるままにロイヤル・ボックスを出ていった。そのうしろに宰相たち重臣がしたがい、それにタイス伯爵とその側近たちが続く。

それを見送るまでしばしのあいだだけ、人々は多少なりをひそめていたが、かれらが姿を消すなり、たちまちにまた、うわーんとかくも巨大な闘技場全体が蜂のうなり声に包まれたかのようにわきたった。何をどうしようというのでもなく、ただただひたすら、巨大な怪物戦士ガンダルと、そしてそのおどかしを一歩もひかずにうけとめたグンドの、闘神マヌの《闘気》にあてられてしまったかのように、かれらは興奮をしずめることが出来ずにいた。

もっともかれらが叫びあっていたのは、いったいガンダルがなぜあらわれたのか、本当のねらいはどうだったのか、ということと、そしてやはり、あさってのガンダル－グンド戦はいったいどうなるのか、いまからこのように波乱含みでは、いったいどのような展開になるのか、いずれにせよただではすまないだろう、などということであった。そうしたことはべつだんひそやかにささやきあっていても問題はなかったのだが、あふれくる興奮が、静かに語り合うことなど問題外にさせていたかのようだった。かれらは、退場することも、夜のあらたな楽しみを求めてロイチョイへ出てゆくことも忘れてしまったかのように、いっかな闘技場を去ろうとしないまま、わあわあとああでもない、こうでもないという取沙汰を続けていた。

さしもの興奮ぶりも、少しづつはしだいに下火になってきたものの、それでもまだまだ闘技場全体がわあわあという大騒音に包まれていたので、闘技場の外側にはりついて商売をしているあの屋台の連中やその客たちは、何がどうなっているのかよくわからず、さぞかし仰天をしていたことであろう。もっともただちに中からようすを知らせに走ったものも多かったが、しかし、これは賭け屋たちにとっては、これもまた賭け率が大きく変動する出来事ではあるかもしれなかった。なんといっても、これまで鉄壁のように動き出すこともなく、おのれの出番になるまでは、すがたさえも見せぬようにしていたガンダルが、はじめて、闘技場の観客席にすがたをあらわし——しかも、塀をのりこえて闘技場に飛び降り、挑戦者と決まった相手を挑発する、というような、かつて見せたこともないふるまいをしたのである。

それは、いかにガンダルがグンドをおそれているか、内心意識しているかを示すことだ、と賭け屋たちは口をあいている客たちに解説して、強く主張した。ガンダルはグンドをおそれている、ということは、これまでの栄光あるガンダルの王座二十年もの歴史のなかで、はじめて、ガンダルは、もしかしてグンドこそ——今年のこの豹頭の挑戦者こそ、おのれの王座をしんじつおびやかすかもしれぬ相手だ、と感じたのであろう、とだ。

それはなかなかに説得力があったので、賭け率は確かにぐんとはねあがったし、まだ賭けていなかったものたちもあらたに賭け札を買おうとかけつけた。そのため、タイスの町全体がこんどは、なにやら騒然として、殺伐とした空気をたたえはじめてきたし、ようやく闘技場から観客が流れ出して、まだたかぶりを残したまま町に散ってゆきはじめると、ますますタイス全体がひどく騒然とした空気に包まれてきた。

「今夜はさぞかし、喧嘩が多くなるだろうよ」

「ああ、今夜は荒れそうだな」

わけ知りの警備の騎士たちが思わず洩らしたとおり、今夜のタイスは、ただではすみそうもなかった。

だが、そのなかで、肝心の、さわぎをひきおこした連中のほうはもう、あっという間に大闘技場を去って、紅鶴城へと引き揚げてしまっていた。大観衆が興奮してなかなか外に出てこなかったので、そのすきにガンダルも、グインも、馬車を仕立てて素早く退場してしまったのだ。ガンダルの馬車は巨大な特別仕立てであったから、多少は気づかれはしたが、こちらはこの上もなくおそれられていたから、あとを追ってきたり、窓からのぞきこもうなどとするうつけものはひとりもいなかった。グインの馬車のほうは例によってどれがその馬車かわからぬよう、気を付けて迷彩をほどこされていた。そうして、どちらも、祝宴にはまた一切すがたをあらわさなかったので、もう、大公たちでさえ、その夜を、グインとガンダルがどのように過ごしていたかは、まったく知るすべもなかった。

その夜の紅鶴城の宴は例によって遅くまで続いた。それはまた大公がタイスに戻った歓迎の宴であったので、タイスのお歴々やこちらに居残っていたルーアンのおえらがたなどは全員が列席していたが、さすがに、もっとも巨大に盛り上がる予定の、最終日の後夜祭をつい二日後にひかえていたので、いささか規模は縮小されたものになった。それに、正直、タイスのものたちにとっては相当に疲労はたまっていたのだ。夜もタイス伯爵や大公たちにつきあって騒ぐよりは、ここでちょっと休養をとってさいごのひと盛り上がりにそなえよう、というものも多かった。それにきょうはあまり試合がたくさんなく、宴会のはじまりが早かったので、はやばやと乾杯だけすませてこっそり脱落したものもたくさんいたのだ。

だがタイス伯爵にとってはまた別の意味で、つまりはアン・シア・リン姫を無理矢理にタリク大公におしつけるほうの計画の正念場がはじまろうとしていたので、宴会はとても手がこんでいたし、華麗をきわめていた。遅くまで、紅鶴城のあかりは消えず、宴席のほうからはいつまでも人々の笑い声や喧騒、そして楽曲の調べや歌声が終わらず続いていた。まるでそれは、悪魔がのぞきこみにくるという、あの「キタイの真夜中の宴」のようであった。紅鶴城に巣くっているたくさんのあやしいむくわれぬ幽霊たちが、この狂乱の祭りに誘われて出てきたとしても、何の不思議もなかったかもしれぬ。むしろ、出てこなかったほうが不思議であっただろう。タイスの町なかから見上げると、紅鶴城は、丘の上にそびえたって、無数のかがり火や松明に包まれ、さながら炎上しているかのようであった。そしてうつろな歌声や笑い声、女たちや色子たちの嬌声がいつまでも続いていた。それは、神の怒りにあってほろぼされたという、あのカナンの伝説もかくやと思わせるものがあった。

もっとも、ロイチョイはロイチョイで、結局のところやはり殺気立った盛り上がりを続け、賭けも当日の試合に賭けるものだけではなく、いつものとおりのドライドン賭博だの、賭けボッカ、カード博奕もほかの思いつくかぎりの賭博も盛大に行われていたし、オロイ湖の水面にもいつまでもロイチョイの紅灯がゆらめいて消えなかった。それはこの夜にはじまったことではなかったのだが。

うたげがきわまったところに悲しみが生まれる――頽廃の生み出すものはただものうい倦怠だけ、とうたう吟遊詩人の歌声など、タイスのひとびとの耳には届きもせぬかのように、ひとびとはみな、狂乱に身をまかせてこの狂おしい祭りのさいごの二日間を乗り切ろうとしていた。また、その狂乱がなくては、とうてい、この十日以上、十二日にも及ぶ長丁場の祭りを乗り切れるものではなかった。ようやく遅い夜が更けていったあとも、なおも紅灯は消えずにゆらめいていたし、嬌声も明け方までも、いたるところで、窓のうちからも、路地のなかからも、また路上でも、きこえていた。そしてついにすべてのひとびとが眠りについたのは、それこそあのキタイの伝説の、「悪魔たちのやってくる真夜中の宴」のように、本当に東の空が明るくなってからのことであった。明け方の光を見なくては、誰ひとりとして、やすむことは法律で許されておらぬ、とでもいうかのようであった!

そうして、空がしらみはじめるころにはさしものロイチョイの狂乱も、紅鶴城の騒ぎもようやくついにおさまり、貴族たちは寝台に戻ってさいごの体力をそこでもまた使いはたしてからようやく夢路に入ることが出来た。ロイチョイのほうはもうちょっと早くに客たちはそれぞれにベッドに入っていたから――むろんそこでやすらかに眠っているというわけではなかったにせよだ――もうちょっと早く眠りに落ちることが出来た。そうして、あとかたづけをすませてからやすまなくてはならぬ従業員たちや、使用人たちが、ぶつぶついいながら杯盤狼藉の宴席の最後の片付けをすませたころには、無情にも、はや翌日の決まり仕事がはじまる夜明けがたであった。

もっともたいていの職場はさすがに、朝番と夜番が交替制になっていたので、疲れはてて寝台にころげこむものたちと入れ替わりに、昨夜の喧騒に悩まされながらもとりあえず眠りをむさぼっていたものたちが起きてきて、その後のことを引き受けてくれた。早くもタイスにむかって、市門を通ってゆくたくさんの野菜馬車や肉をつんだ馬車ががらごろと石畳にわだちの音をひびかせた。また、夜明けのオロイ湖には、たくさんの新鮮な夜獲りの魚介をつんだグバーノやグーバがひっきりなしにつき、波止場では魚のせりおとしがはじまろうとしていた。はじまってゆく一日と、終わってゆく一日とが、巨大なオロイ湖の上で交差しようとしているかのような、それはふしぎな一刻であった。

あちこちの街角からは、クムの朝食にかかせないパオズを蒸す蒸籠《せいろう》のゆげや、平焼きパンを焼く煙がたちのぼり、この八日間でもうどうにもならぬほど道の両側につもりにつもってもはやあまり美しいとも風情があるともいえぬコンチーのごみにまみれながら、タイスはまたしても、ゆっくりと、いやいや目をさまそうとしていた。

もっとも明け方に眠った連中が動き出すのは、早くともひるすぎでしかなかっただろう。だが今日はいよいよ、「最終日の前の日」であった。そして、女闘王位の最終戦の日であった。また、マイヨーナの神殿でも、決勝戦がおこなわれる日であった。

最終日は、大平剣の部の王座決定戦のものであった。そして、大平剣の部の「大闘王」が決定しだい、その「大闘王」は、他のすべての部門の競技での優勝者、つまりは小闘王たちと、そしてマイヨーナの神殿でおこなわれた数々の芸能競技の勝利者たちをしたがえて、無蓋戦車でタイスじゅうを「マヌの行進」をして歩き、さいごに水神広場に戻って、水神エイサーヌーとタイスの守り姫ラングート女神とに、かれらの栄光を祭りの最大の捧げ物として、つつしんで捧げることになっていた。それゆえ、最終日までには、他のすべての部門の優勝者は決まっている必要があった。最終日には、もしも優勝決定戦や再戦にもちこまれた種目があれば、それが行われることになってはいたが、基本的には、正午と同時にはじめられる大平剣の王座決定戦だけが、正式にあらかじめ決められている試合であった。

それであったから、ある意味では、この九日目のほうが、本当は大多数の競技者たちにとっては、「本当の本番」であった。闘技士たちだけでなくマイヨーナの芸能、技能の神アルクトの神殿で伝統工芸などの技能をきそうものたちにとってもだ。このアルクトの神殿では、クムの名物である絹の素晴しい刺繍だの、またレースだのの作品が展示されており、期間中は訪れたものたちがそれに人気投票をする。そうして、それが九日目に開票され、最高得点を得たものが、この「技能の闘技」においての勝利者となることにさだめられていたのだ。また変わったところでは、小規模だがとても人気のあるこころみとして、アルクトの神殿のとなりにあるタイスの飲み食いの神様インランの神殿で、『名物料理の人気投票』や『有名杜氏《とうじ》の醸《かも》した酒』の投票なども行われていた。とにかくこの水神祭りのあいだというのは、ありとあらゆるものがはかられ、人気投票され、きそわれることにさだまっていたのだ。

正午にははやばやと、水神広場で「今年の水神祭り一番の美女」の人気投票が開票された。これはべつだん、決められた美女たちがきそうものではなくて、一般の投票が決定するものであって、それで推薦されたものたちのうち、ある得点を集めたものが、決勝戦に進めることになっていた。そしてその決勝戦というのはもう八日のうちにおこなわれており、この日におこなわれるのは「一番の美女」「一番の美男子」「一番の美童」「一番の美少女」の開票であった。ここでこの栄誉に輝いたものたちはさっそくにマイヨーナ神殿にゆき、芸能の競技の決定戦で優勝者に花冠をわたす役目を引き受けることになっていた。かれらがもらうのはこの一年の「サリュトヴァーナの栄誉」や「ヌルルの栄誉」で、たいていの場合しろうとの娘さんではなく、ロイチョイの人気の遊女や色子が選ばれることになっていたのだが、今年もまたそのでんで、「水神祭り一の美女」とさだめられたのは、西ロイチョイのうら若い遊女、ワン・イェン・リェンという人気一番の美人であったし、「今年の水神祭り一の美男」は、かのサール通りの売れっ子、ユウ・チィーといういささかくねくねした色子であった。かれらはさかんな贔屓たちの喝采をうけながらしとやかにこの栄誉をお受けすると、さっそくサリュトヴァーナの花冠をかぶった晴れ姿を口をあいて見ている観衆たちにお目にかけ、それからさまざまな役目をはたすために、着飾ってきれいに化粧して頭に花冠をいただいたまま、マイヨーナ神殿まで無蓋馬車でパレードすることとなった。

このパレードのあとには長い野次馬たちの行列が続いていた。サリュトヴァーナの花冠はあでやかなマンダリアの花の茎を編んで作られており、それをかぶせられた美人や美青年や美童たちが、あでやかな衣裳に粋をこらして、無蓋馬車の上にたってにこやかに手をふっている眺めは、いよいよこの、今年の水神祭りが本当の「最終章」を迎えたのだというあかしであった。

ようやく、そのあいだにタイスは目覚めつつあった。屋台もつぎつぎと店をあけはじめたし、町にもまた、ようやく、連夜の遊びすぎ、飲み過ぎで寝不足の目をこすりながら、観光客たちが繰り出してきはじめた。むろん、今日明日あさってくらいをめどに盛大に遊びぬいてやろうと、そこまでぐっと我慢をして、やっとこの日に繰り出してくる観光客もとてもたくさんいたので、巨大な乗合船もさかんにオロイ湖の船つき場についてそれからはたくさんのきょろきょろしながら浮き足立っている観光客が吐き出されてまたしてもタイスの町なかに散っていったし、市門からもひっきりなしに、何頭立てもの巨大な乗合馬車が到着していた。いっぽう、いまになってからタイスを去ってゆこうなどというものはまったくひとりとしているわけがなかった——いたとしたら、むしろ敗れてほうほうのていで家路につく、大恥をかいた闘技士か、あるいは全財産を早くも最終日をまたずにすってしまった博奕打ちか、あるいはうしろぐらいことをしでかしてタイスを逃げだそうとしているものだけだっただろう。

タイスはあの「タイスから出てゆくもの」に寛容でないというひそやかなうわさを証拠だてるかのように、そうした逃亡者たちに対していたってきびしかった。入ってくるのは簡単だったが、出てゆくときには、きわめて厳密な身体検査や荷物の検査を受けなくてはならなかった。むろんやってきたときの乗合船や乗合馬車でそのまま帰る団体旅行のものたちだけはそこまできびしくされなかったが、個人でいまの時期にタイスを去ろうとするものについては、ことのほかきびしく調査が行われた。それくらいだったら、いっそあと二日間この喧騒を我慢して、それから、ものごとが正常に戻ってからタイスを出てゆこうと考えるものも多かったことだろう。もっとも、祭りが終わってもやはり、タイスを抜け出すことはなかなか容易ではない、というのは、もう、タイスに一度でもきたことのある旅人たちだったら、誰でも知っていることだったのだが。

そんなわけでしかし、きょうはひっきりなしに町のあちこちで歓声があがって、またひとつ何かの決勝戦がすんだことをあきらかにするのであった。そのたびに盛大に銅鑼が鳴らされた。そしてコンチーがばらまかれ、胴上げがなされ、そうしていたるところで大規模なのや小規模なのや、勝利者のパレードがはじまった。正式の表彰式は最終日であったので、きょうは逆に、そうして優勝を決めたものたちが個人的に祝福されたり、パレードをしたりすることが出来たので、町のあちらでも、こちらでも、人々の輪が出来て、競技の優勝者を祝福していた。

時間がたつほどに、次々にいろいろな優勝者が決定していった。レース編みの技能の優勝者も決まったし、一番巨大な魚をとった漁師——これは巨大な魚拓と、同時に現物をそのままロウづけにした展示であったから、競うまでもなかった——や、一番素晴しい踊りを披露した踊り手、またボッカの選手権の優勝者も決まった。

水神祭りではとにかくありとあらゆる、考えつくかぎりの、きそうことの出来る種目すべてがきそわれていたので、それはもう競われている種目だけでも、驚くべきおびただしい数にあがったのだ。早口言葉の選手権まであったし、飛脚の早駈けの優勝決定戦も当然あった。そうして、ひとつ優勝が決まるたびに盛大に、水神広場につるされている「勝者の鐘」が打ち鳴らされる。今日はこの鐘は休むひまもなさそうだった。

そうして、ついに、「女闘王位」の最終戦が市立大闘技場ではじまる刻限となった。

3

かくて、またしても——

昨日、ガンダルの奇行によって、割れんばかりの喚声と興奮につつまれた市立大闘技場は、今日は今日の興奮とたかぶりとの頂点を迎えようとしていた。

「リナ、リナ！」

「リナ、頑張れ」

「あんなぶさいくな鬼ガワラに負けるな！」

「ホンファ！」

このところずっと「グンド、グンド、グンド！」と喝采しつづけていた大観衆は、それが同じ一座の出身である、などということもたいして知ることもないままに今度は「リナ、リナ！」と歓呼していた。リギアのリナもなかなかの人気であった——もともと、尚武の気性とはまたかなり違ったところで、女闘王というものはタイスでは非常に人気のあるものであった。まさしく、これはタイスにうってつけというべき競技だったのだろう。

それは、殺気立っている上に色気もある、という、まさにタイスのひとびとがもっとも喜ぶような《出し物》であった。

そのなかでも、何回もいうように、たいていの女闘技士たちはあまり容貌には恵まれていなかったから、リナの登場はまさにタイスにとっては、熱狂の渦がまきおこるにふさわしいものであった。

登場の瞬間からたいそう人気であったが、ずっとトーナメントを勝ち進んでゆくにつれて、ますますリナは人気をよび、もう熱狂的な贔屓もついていたし、水神祭りでたとえ優勝しなかったとしてさえ、ぜひともリナの後援者になりたい、という富豪たち、貴族たちからの申し出も、リギアのもとにはたくさん届いていた。なかには、「自分の屋敷にひきとって、いずれは妻として」というような申し出さえもあってリギアをへきえきさせた。

「あたしの人生というのもずいぶんと、いろいろなところで思いも掛けない展望をみせるものね」

リギアはその日の朝、室で朝食をとりながら、べつだん何の緊張感もみせることもなく、今日は何も用のないのでほっとしているブランとグインに対してそのように洩らしたのであった。

「何回も、いろんな屈折があったのよ。まあ、ご存じのような身分に生まれましたけれどもね。——一回は、とても身分の低い留学生と恋をして、アムブラでもう、貴族の名も地位もすべて返上して、一生、貧しい学者の妻として送ろうと思ったこともあったの。まだほんのむすめのころにね。でもその留学生は国元で戦乱がおこったからとあっけなく国にかえってしまって、そのあと今度はちょっとやけになって若い傭兵といっときの恋をしたりもしたわ。——でもどれも実らなくてね。きっと私がとても気が荒いせいなのか、それともやはり、身分が邪魔をしたのかもしれないけれども。——それで、こんどは、まあ、もう隠してもはじまらないわね、アルゴスの黒太子スカール殿下のおなさけを受けることになって……それで、もうパロとは縁を切ったつもりでいたのだけれど——アムブラの弾圧のさいにね。でもアルド・ナリス陛下の謀反とあって、乳きょうだいを見捨てておくことも出来ずにパロに戻ったわ。——そうして、ナリスさまの亡くなられるのを見届けてから、もうこれで何ひとつ心おきなくスカールさまのもとにゆける、と思ったのだけれど……スカールさまにはいつも、ちょっとだけ手が届かず……」

「はあ……」

「それで、今度こそ追いつけるだろう、こんどこそ一緒になれるだろうと思いながら、どういうわけかいつもまるで蜃気楼を追っているみたいな旅を続けて——でも、それはもう私の運命なのだと思っていたけれど、その私がこんなところで——こともあろうにタイスの女闘王位を争う決勝戦なんかで、戦っているとは。べつだん、剣を手に戦うことそのものには何のためらいもないし、それはずっとやってきたことだけれど、あんな闘技場で、観客たちに肌もあらわなすがたを見物されながら、縁もゆかりもない、義理も憎しみもない女闘士たちなんていう相手と、賭け屋たちに賭けられながら戦っているなんて思うとなんともいわれぬほど奇妙な気分がするものだわ。まあ、でもたぶん、まだこれがあたしの一生のゆきつくところだという気は全然しないの。あたしはいつかスカールさまに会うと思う。もう一度、スカールさまに会わなくてはあたしは死んでも死にきれない。——だからね」

「ああ」

「そう、だから、今日の日が終わったらタイスの大闘技場の地面を血に染めて倒れているだろう、そうしてここへは担架にのせられてものいわぬすがたとなってかえるだろう、なんていう気持はまったくないのよ。それに、あたしは今日だけはどうしても勝たないわけにはゆかないんだわ」

「それは、また、どうしてだい、あねさん」

「どうしてって、ホンファはなんでかわからないけれどあたしにすごく憎しみをたぎらせていて、もうずっと以前から、あたしの顔を切り裂いてやる、のどを裂いて首をへし折って殺してやる、と宣言しつづけているわ。あたしはホンファなんていう女には何の興味もにくしみもないけれど、そういうわけで、スカールさまに会いたいという大望を持っているからにはこんなところで殺されたくはないの。これまで、いくつも――ルアンナだのエーラだのロン・タイだのいろんな連中と戦って、いや戦わされてきたけれど、一度としてその連中に本当の意味での敵意を持ったことはなかったのよ。みんなあたしより弱かったし、だからあたしはかれらを傷つけないように気を付けながら戦うことさえ出来たわ。だけど、今日のホンファは違う。最初からあたしを殺す気でいる。だから、きょうのはあたしは、真剣勝負だと思っている。なるべくなら、女であることだし、ホンファだって、殺したくはないけれどもね。でも、ホンファは相当強いようだし、もしどうあっても、ホンファがあたしを殺す気なんだとしたら、殺される気のまったくないあたしとしては、どうしても、生きのびるためにはどんなことでもしないわけにはゆかないわ。――そう、いざとなればホンファを殺してでも生き延びたい。こんなところで、こともあろうに女闘王位なんていう、正直いって下らないタイスの遊びごとのために殺されてしまうわけにはゆかないんだわ。それは、はやばやと戦線をうまいこと離脱したけれどスイラン、あんただってそうでしょうし、グンドだってガンダルに殺されたくはないでしょう」

「そうだな」

いくぶん面白そうにグインは云った。かれらは、どうせ今日あたりも見張りなどはついていないだろうと思いつつも、一応もうすっかり日もあけていることを考えて、偽名で呼びあっていた。

「確かに、殺されるというのはまっぴらのようだな。だが、ガンダルが殺す気でかかってくるとしたら、確かにそれは、殺されぬためには、あるいは相手を殺さなくてはならぬことになるかもしれんが。だが、まあ、おそらく、ヤーンのご加護により、そこまではせずともすむだろう」

「あなたはとても楽天的なのね、グンド。楽天的というとちょっと違うかもしれないけれど。まあ、あなたくらい強ければそう思っていられると思うわ。あたしはあなたほど圧倒的には強くない、だから、そうそう、ヤーンのご加護をあてにしているわけにはゆかないの」

リギアは苦笑した。

「あたしはなんとかして、自分の力で生き延びなくてはならないんだもの。——だけれど、とにかく、傷をうけてもいいし、どうなってもいいから、動けなくなるようなことだけはないように気を付けて、もしどうしてもかなわなければ、早めに降参してしまうわ。それでもホンファはかかってくるでしょうね、あたしを殺すつもりでいるんだから。だけど、そうしたらひたすら逃げて逃げて逃げまくるつもりよ。もっとも一応、そうやって逃げまわって、なんとか降参に持ち込んでも、こんどはタイス伯爵のご勘気にふれたりするようなことがあると、もっと大変だから、ともかく勝つつもりではいるのだけれどもね。そうでないとマリンカも取り戻せないし……それに、とにかく……あたしたちはなんとかして……」

ちょっとまわりを見回してからリギアは低い囁き声で付け加えた。

「どうしても、ここを出なくてはならないのですものね。なんだかいろいろなことがとても心配になってきましたわ。なかでも心配なのはマリウスさまのことなんですけれどもね」

「ああ、それは俺もかなり心配している」

グインはべつだん声を低めることもなく落ち着いて云った。

「だが、いまはそれについては考えるな。お前はお前の重荷だけでもう充分だろう。俺もいろいろ考えている。お前は、ともかく今日のこの試合に勝ち抜いて、生きのびることだな。そのあとのことはまたあとで考えるなり、俺にまかせておけ。ホンファはかなり強いようだ。いまは他のことは考えるな」

「そうですわね」

リギアはちょっと苦笑してみせた。

「では、そろそろ出かけてきますわ。皆さんもきて下さるのでしょう、闘技場に」

「一応、俺はそのつもりだがね」

ブランが云った。

「兄貴は?」

「そうだな。俺はもしかしたら、すまぬがここにいるかもしれぬ。俺が動き出すとどうもまた、いろいろと波乱を呼ぶかもしれんのでな」

「それはもちろん。それはあたしだって、べつだん女闘王位をどうしても勝ち得てやろうなんて思っているわけじゃなし、生き延びてやろうと思っているだけのことですから、あなたが応援にきてくださろうと下さるまいと、気にはしませんよ」

「すまぬな」

グインはかすかに笑った。

「まあ、すべては明日だ。明日になればすべては終わる。そうだろう」

「そう、あらまほしいものですわね」

リギアは云った。そして、いよいよホンファとの決戦にいでたつために、立ち上がったのであった。


それがだが、まだ正午前のことであった。そうして、そのあと、こういう大試合に出る闘技士たちのすませるべきもろもろの儀礼だのしきたりだの、いろいろなものをすませて、ついにリギアが、大闘技場の砂の上にすがたをあらわす刻限になったのは、さらにその二ザンもあとのことであった。

それまでも、大闘技場ではさまざまな決勝戦がおこなわれ、次々とその種目の王者が決められていった。またマイヨーナの神殿では、タイス伯爵の大得意の笑顔をあびて、マリウスが、本年度の「もっともすぐれたマイヨーナの歌い手」に選出された。これはマリウスがタイ・ソン伯爵の寵愛をいま一身に集めているのであろうとなかろうと、べつだん何の八百長も疑惑もなかった——誰がきいても、マリウスの歌はそのへんの芸人風情の及ぶべくもない素晴しいものであったからだ。

マリウスの頭にシレンの木の葉をつらねたマイヨーナの花冠がかけられると、マリウス自身よりもいっそう、タイ・ソン伯爵のほうが大喜びだった。この時間には、さしものタイ・ソン伯爵も、タリク大公もへちまも無視して、マイヨーナの神殿にかけつけ、声援を送っていた。そのあいだにも、大闘技場では、いろいろな競技の優勝者が決定してゆきつつあったのであるが。

しかし、それからマリウスが優勝者としてマイヨーナに得意の曲を何曲か捧げたのち、タイス伯爵の一行はむろんマリウスを伯爵のかたわらにおいて、特別製の無蓋馬車で、マイヨーナ神殿から大闘技場へとお練りで向かった。ほかにもマイヨーナ神殿での勝利者となった踊り子や、踊り子のチーム、それに笛の奏者や太鼓の奏者などいろいろな連中がみなそれぞれに盛装し、シレンの冠をつけて、何台もの馬車でそれに従った。

いよいよもうこれが祭りの絶頂であったから、市民たちも、観光客たちも、みなぞろぞろと市街にむらがって、コンチーをまいたり、さらに花を買って投げつけたりしながら、このパレードについていった。先頭の無蓋馬車の上で、マリウスはキタラを手にしたまま、ずっとそれをかなでて美しい歌声をきかせていた。

人々は熱狂してマリウスの名を呼び、また、ほかの優勝者たちの名前を呼んでいた。そして、ついに大闘技場につくと、そこはちょうど、女闘王位の決勝戦の前の休憩時間であった。

すでにタリク大公たち、おもだった貴賓席の住人はロイヤル・ボックスについていた。マリウスの尻を追いかけるあいだ、タイス伯爵は「自分のかわりに大公閣下のお世話をするよう」にと、アン・シア・リン姫とその妹を大公のお相手役にさしむけていた――これは大公にしてみればとんだ災難だったかもしれぬ。だが宴席で相手役になられるよりは、こうして、見るものきくもののある大闘技場でのほうがまだ楽だっただろう。

タイス伯爵がマイヨーナの神殿の勝利者たちともども貴賓席に入ってゆくと、人々は立ち上がってタイスの支配者に礼を尽くして歓呼の声をあげた。タイス伯爵はおおように手をあげてこの歓呼にこたえた。伯爵はまさに得意の絶頂であるように見えた。おそらくあとは、タリク大公がアン・シア・リン姫を妻に迎えることを承知さえしてくれたら、得意の絶頂であるだけではなく、満足の絶頂にもなれたことだっただろうが。

だが、まだ試合の開始まではやや間があったので、タイス伯爵の提案で、満場の観衆を楽しませるため、試合開始までの無聊を慰めるために、マイヨーナの神殿の優勝者であるマリウスの喉が、特別に大闘技場で披露されることとなった。マリウスはべつだん、どこで歌わされようと臆するところもなかったので、指名をうけると進み出て、急いで闘技場の白砂の上に持ち出された大きな高い台の上で、マイヨーナの栄冠であるシレンの葉の冠をつけたまま、得意のキタラを弾いて二曲歌った。それは当然さかんな喝采をうけ、マリウスも、またタイス伯爵も面目をほどこした格好になったのであった。

そして、そのあと、その台が急いでとりかたづけられると、また係のものたちが飛びだしてきて大急ぎで白砂を清めて、平らにした。万が一にもこの砂のなかに前もって何か凶器を仕込んでおくようなものがいたり、また、砂の整備が悪かったがために足をとられて闘士がころび、番狂わせがおこるようなことがあってはならぬ。いやが上にも、その砂の清め方は念入りであった。

そうしていよいよ、大観衆がしんとなる一瞬がまたやってきた。いよいよ、大平剣の王座決定戦の前の一番大きな呼び物である、「今季女闘王位決定戦」がはじまるのである。

激しく太鼓や銅鑼が打ち鳴らされ、そしてついに西と東の闘士たちの出場する門が開くときがやってくると、大闘技場はまた、興奮の極に達して、二人の女闘士たちの名前を呼びはじめたのであった。

「リナ、リナ！」

「リナ、勝ってくれ！」

「リナさま、愛してます！」

「リナ、頼んだぞ！」

「ホンファだ。ホンファが闘王だ！」

「何をいうか、リナが今年の女闘王だ」


さまざまに贔屓のものたちが叫び続けていたが、誰も、その贔屓がこうじるあまりつかみあいになったり、喧嘩になるようなものはなかった。そんなことをして、つまみ出され、肝心かなめの決勝戦を見られないようなことがあっては、とうてい泣いても泣ききれない、とみな思っていたからである。それほどに、このカードは期待を集めていたし、楽しみにもされていた。じっさい、ガンダル－グンド戦の次にもっとも期待されていたのはこの試合であっただろう。事実賭け率も最高に高かった。

賭け屋のあいだでは、大勢は基本的には「ホンファの女王位防衛」であったが、六対四くらいの割合で、「リナの新女王」に賭けるものも多かった。まさに、もっとも賭け屋が喜びそうな、紛糾をよびそうな賭け率であったので、この試合は、そういう意味からも非常に注目を集めていたのだった。

ひとびとの叫び声は、試合開始時間が近づくにつれてますます激しくなり、そして、ついに試合開始の鐘が打ち鳴らされるとこんどは逆に期待にみちてわくわくとしずまりかえった。そのなかで、二人の女闘技士たちは、それぞれに思い思いの格好をして、それぞれホンファが東、リギアが西の門から闘技場に姿を見せたのであった。

　女闘技士に関しては、自分たちのあるていど好きな衣裳を選んでよいことになっていた。ホンファが今日のこの晴れ舞台のために選んだのは、真っ赤な――それこそ唐辛子《ヤク》のように真っ赤な乳あてと腰あての短いスカート、その下に短い膝上までの足通しと肩にかけた短い銀色のうろこ模様のマントであった。基本的に、好きな衣裳は選んでよかったが、女闘技士は色っぽい、肌もあらわな格好でなくては許してもらえなかったのだ。もっともすでにご存じのとおりホンファはさながら父親は熊《バル》で、母親はサイ《クロー》だ、とでもいうかのような、とてつもない体格と、それに見合った御面相をした女性であったから、出来ることなら、その「色っぽい格好」というものは、大観衆のほうは、ホンファに関するかぎり勘弁してもらいたかったに違いない。

　だが、そんなことは口にできたものではなかったし、また不思議なことに、ホンファがタイスでなかなか人気があったのは、その驚くべき体格と御面相のゆえもあった。ホンファは「女を好む女」である、といううわさも執拗にあり、それでホンファのまわりは、この「タイスで一番強い女」に愛されたいと望む若い女の子たちでいつでも一杯だったのである。もちろん男性の好みのほうは、せめてもうちょっと人がましい見かけをした女闘技士のほうにかたよりがちであったが、女たちの贔屓は、その男たちの差別視をおぎなってあまりあった。

そんなわけで、しきりととんでいた声援は、ホンファには女の声が多く、リナには男の声が多かった。もっとも、《リナ》もまた、そういう、女闘技士に血道をあげるタイプの女の子たちには非常に人気があった。ホンファを追いかけるのは若い女の子が多かったが、リナのことは、もっと酸いも甘いも嚙み分けた年増のロイチョイの麗人だの、裕福でみだらな後家さんだの、大金持ちの奥方だの、そういう贔屓客も大勢追いかけていたのである。もっとも、ホンファはいざ知らず、リギアがそういう女たちに目もくれないことは、当然といえば当然であったが。

「リナ、リナ！」

「ホンファ！」

だが、そのようなわけで、盛大に声援が乱れとんでいるなか、真っ赤っかの太いヤクのようないでたちのホンファに対して、リギアが今日の自分の衣裳に選んでいたのは、真っ白な乳あてとぴったりとした足通し、その上からつける、じゃらじゃらとすだれのように細い糸の飾りがくっついている短いスカートというものだった。べつだん、リギアは、ホンファとの対照をよりくっきりさせるために、純白に装いたい、などと思っていたわけではなく、ただ単に、そこの衣装箱に用意されていた衣類のうち、この白が、一番露出度が少なかったのである。ほかのことはさておき、どうしても、リギアは、本来はパロの聖騎士伯である自分が、胸乳もあらわな格好で立ち回りをやらかす、というところだけが気になってしかたがなかったのだった。

だが皮肉なことにリギアは全体がおそろしくごつくていかついホンファと違い、つくべきところには豊満に肉がつき、胴などはよくひきしまった、非常にめりはりの強いみごとなからだつきをしていたので、どんな格好をしようと、いたってなまめかしく、色っぽく見えてしまうのはどうにもならなかった。人々は当然、ホンファの赤に対抗するためにリナが白を選んだ、と理解して、おおいに喝采を送った。それにどうしても、そうやって遠目しか見えぬ闘技場の上に立つと、グインも顔負けなほど横幅があり、上背もあってごつごつと筋肉の盛り上がっている、いかにも女闘士然としたホンファに比べて、リギアはしなやかで、本来決してほっそりというタイプではなかったけれども、ホンファと並べばほとんど華奢にさえ見えたのだ。白はいっそうそのリギアを引き立てていた。

ホンファは赤毛をぐるぐると頭の上にまるめて、その上から銀色の網をひっかぶって髪の毛を邪魔にならぬようとめていたが、リギアは頭のうしろのほうにたばねあげて白い髪留めでしっかりととめただけで、うしろのほうはゆたかに背中に流していた。それでいっそうリギアは色っぽく見え、リギアが闘技場のまんなかに出てくると、大喝采がまきおこった。

リギアはもう、まな板のコイ《皿に乗ったカフ魚》といった心境だったので、水のように落ち着いていた。愛用の剣をしっかりと手入れして腰にさげ、進み出たときにはもう、すがすがしいほど落ち着いたようすになっているのが観客からもわかった。

いっぽうホンファのほうは、ようやく、この祭りのあいだじゅう、歯がみして待っていた対決のときを迎えて、たけりにたけりたっていた。それで、宣誓のあいだにもホンファはふうふうと荒い鼻息をもらしたり、リギアを露骨にすごい顔でにらみつけたりしつづけ、ただでさえ怖い鬼ガワラのような顔をいっそう恐しくしていた。小さい子どもでも見たらひきつけをおこしてしまいそうなくらいの形相であった。

そしてようやく宣誓が終わり、試合開始が宣言されるとほぼ同時に、ホンファはやにわにリギアめがけて殺到した。だがリギアは充分に予期していた。

おそれることもなくさっと剣を抜きあわせて、たちまち激しく切り結ぶリギアの姿に、またしても観客は大きな喝采を送りはじめた。リギアが非常な剣の名手であることはもうこれまでの試合の数々で知れ渡っていたから、その剣さばきにうっとりとみとれるものも多かった。

だが、大半の、そこまで剣技に詳しくない観客にとっては、《リナ》とホンファのからだつきを比べれば、ホンファのほうが倍もあり、しかももりもりと筋肉がついているのだから、耐久力も、力そのものも、リナとは比べ物にならないだろう、としか思われなかった。剣技ではたとえ相当にまさっていてさえ、試合が長時間になったら、おそらくはリナが体力負けか、気合い負けか、あるいは力でせり負けるか、そのどれかだろう、というのが、もっとも一般的な試合の予測だったのである。

正直いうとリギアもそれは感じていないでもなかったので、比較的早く勝負に出たのであった。どんどん踏み込んでいって、あざやかなステップをみせながら、激しくホンファにむけてむしろ攻めぎみに突っ込んでゆくリギアの雄姿にまたわあっと観客たちは盛り上がった。

「この呪われた女悪魔め」

ホンファはそれへ大声で罵った。ホンファは、観客たちの声援がリギアにかたむいていることからして、おもしろくなくてたまらぬようであった。

「きさまはあたしの宿敵になるために悪魔神セトーからつかわされてきたに違いない。このかとんぼ《フワリムシ》め。呪われたやつめ。試合の終わりまでにはきさまはその砂の上に横たわっているのだ。今日がきさまのさいごの日になるのだ、このメス豚《ゴロン》め」

ホンファは剣をふりまわしながらしきりと威嚇した。かとんぼというのは、肉づきのいいリギアに対してはいささか言い過ぎというものであった——たとえホンファに比べればまさしく、かとんぼと云えたにしても、である。

「ちょっとばかりきれいな顔を鼻にかけやがって、女闘王の座はきれいな女なんかにつとまるものか。顔を切り刻んで、闘王がつとまるようにしてやる——バケモノ面にかえてやるから有難く思え」

その罵声でわかるとおり、ホンファはあまり頭のいい女ではないようだ——と、リギアはおそれげなくホンファの確かにとてもするどく力のこもっている切尖を受け止めながら考えていた。それに、正直いうと、戦い馴れているリギアにとっては、ホンファが、そうやって、試合に興奮して怒鳴り散らしている、というのは、自分に有利に運べる重大なポイントでもあった。そうやって、いらぬことを怒鳴り散らしているおかげで、実際には体力により恵まれていなくてはおかしいホンファのほうが、少しづつ、自分でも気が付かぬまま息が上がってきているのに気付いたからである。

（しめた）

リギアは、それをさっそく利用する戦法に出た。ごく短く、自分の呼吸には影響せぬていどに、ホンファを挑発にかかって、より怒らせようとしたのである。

「来い。この女サイ《クロー》め」

そのていどの挑発で充分であった。たちまちホンファはかっとなった。

「なんだと。よくもほざいたな、このちびめ。ちょろちょろと逃げ回りやがって、本当は剣の使い方なんか知らないんだろう。さあ、いまのうちにおとなしく降参すれば、顔を切り刻むだけで、いのちまではとらずにすましてやる。降参しろ。降参するんだ」

4

「誰がするものか。呪われたエルハンの娘め」

リギアはまたさりげなく挑発しつづけた。同時に、わざと、ステップを小刻みにとって、右に左にゆさぶりをかけながら、ホンファの剣を受け流し続けた。ホンファが少しづつ、剣を大振りすることが多くなってくるのが、リギアにはよくわかった。

それでも、ホンファはとにかく体格では圧倒的にまさっていたから、もしも、一撃でも、その剣をからだに受けることになれば、リギアのうけるいたでは相当なものであっただろう。そのためにも、リギアはいっさい、からだにとどく範囲にホンファの剣を近づけるわけにはゆかなかった。

剣をあわせ、激しく応酬しながらも、リギアはひっきりなしに、もうひとつホンファに対してひそかなわざをしかけていた。ぐるぐると小器用に場所をかえて、リギアはたえず、午後の強烈な陽光をおのれの背中に背負うように仕向けていたのである。ホンファが踏み込んできて、すかさず飛び退いて位置が入れ替わっても、すぐにそのあと、自分から飛び込んでいってまた位置を入れ替えさせ、たえず、ホンファの顔を強い西陽が照らし出すようにさせていたのだった。それによってホンファの消耗をさそい、リギアよりもかなり体重の重たそうな——じっさい、相当重いリギアの倍とはいわないけれども、七割増しくらいにはありそうに思えた——ホンファをいっそう疲れさせてやれ、という作戦だったのである。

「ちょろちょろと逃げまわるな！」

ホンファは吠えた。体力に自信のあるホンファはまったく、まだ自分が疲れさせられようとしている、などとは自覚していないようだったが、しかし、リギアのとった戦法に相当苛々させられていることは確かだった。

「腕に自信がないのか。正面から、正々堂々と戦わないか、この女ネズミ《トルク》！」

確かにホンファの太刀筋は強烈だったし、正面から切り結んだらリギアといえども危なかったに違いない。だから、リギアは、そのホンファの苛立ちを百も承知だったが、こまごまと切り結びながらも決してその挑戦にはのらず、力対力で切り結ぶような展開には持ってゆこうとしなかった。

「リナ、リナ！」

「ホンファ！」

相変わらず、大観衆はすごい大声援を送り続けていた。もう、どのくらいかれらがそうやって切り結んでいるのか、しだいに観衆はわからなくなってきていた。思っていたような大わざが繰り出されてあっという間に終わってしまう試合ではなく、これが、意外と頭脳戦になって長引きそうな感じだ、ということに、やっと気が付いていたのである。

「ホンファ、ひと息でやっちまえ！」

「リナ、もっと接近して戦え！」

「リナ、危い、ホンファにつかまるな！」

大観衆の歓声もだんだん内容がかわってきていた。

ころやよしとリギアは見て、次の作戦を開始した。それもまた、ちゃんと作戦をたててあったことであった。西陽を背にとり、ホンファの目を疲れさせ、いかつい顔に汗を流させつつ、リギアは激しく剣をふるいながら、ころあいをみていきなり一気に踏み込み、自分も傷をおう危険をあえておかしながら、むきだしのホンファの腹に、剣先をすばやく突きで入れたのである。そうするなりぱっと飛び退いたが、剣先にかすられてホンファの腹にはさっと血のあとがしぶいた。はじめての血であった。わあっと、たちまち大観衆が総立ちになったが、警備員たちに押さえつけられてまた座らされた。

「畜生ッ！」

ホンファが吠えたてた。

「やったな！　もう許さない。きさまは生かしてかえすものか。きさまだけは！」

飛び込んだはずみにやはりよけかねて、リギアのほうも、右の上腕部にかすり傷をおっていた。リギアのほうは身につけている衣裳が白かったので、そこに飛び散った血のいろはあざやかにもなまなましく見えて、いっそう人々は騒ぎたてた。

だがそれもリギアの計算のうちであった。次のリギアの作戦は、「血を流させること」であったのだ。同時に多少は自分が血を流すのも仕方がない、とふんでいた。それも、致命傷をおわせるわけではなく、かすり傷を大量につけて、少しづつ血を流させることだ。リギアが身軽にまたうしろにまわって切り込もうとする。それをホンファが素早くうしろに剣を両手でもちあげて受け止める。そこから剣をひく一瞬に、すばやくリギアは思いがけぬ突きをいれて、ホンファの背中にも傷をつけ、また逆上してかかってくるホンファに自分も顔をかばった左腕を切り裂かれながら、こんどはホンファの小手をも切り裂いた。

しだいに、二人の女闘技士たちは、血まみれになっていった。どれもかすり傷で、たいした血ではないのだが、女たちであるだけに、ひどく凄惨にみえたし、観客席の遠目からは、相当に相互がいたでをおいはじめたように見えるはずであった。それもリギアの狙いのひとつであった。

無傷のままで相手にだけ傷をおわせようとすれば、どうしても、勝負は遠いところで決めようとせざるを得ない。そうなれば、どんどん、体力勝負になってゆく。リギアは、これまでの実戦の経験のゆたかさから、自分が、かすり傷や流血に対してホンファより強いし、それに体重の軽い分、いたでをおったとき、疲れ出したときには自分のほうが有利なはずだと踏んでいた。それにホンファは何をいうのにも、女傭兵でも女騎士でも、またむろん女聖騎士でも聖騎士伯でもなく、タイスの女闘技士であった。

（それにこれだけ大きくて、これだけ強い女なら、これまで、ほかの女闘技士たちに、そんなに手こずったり、かすり傷をおわされたりした経験はないはずだ。――そうやって、少しづつ攻め立ててゆけば、絶対に、ホンファのほうが、精神的に参ってくるはず……）

それが、リギアの最終的な作戦であった。実戦で鍛えぬいた自分の強みをたてにとって、ホンファを、ホンファが頼みにしているはずの体力戦、持久戦で参らせること。

しだいにその作戦は功を奏しつつあった。あちこち、何ヶ所も血を流し、しかも西陽に照りつけられているうち、からだの大きなホンファのほうが、少しづつ、そのからだを移動させることに参ってきたきざしが、リギアの目からは確かにあったのだ。

リギア自身も、やはり、この時刻は日没前の、強い日差しが照りつけてかなり暑かったので、それと流血と、傷のいたみとで、けっこうしだいにふらふらしてきた。だが、そういうときこそ、リギアは、実戦で耐え抜いてきたおのれの経験を信じていた。

(こんなもの、信じがたいほどなまやさしいようにさえ思われる、苦しい戦いをいくつも勝ち抜き、生き延びてきたのだ、あたしは……)

(そう、こんなところで殺されるわけがない。あたしは——あたしはルナンの娘リギア……パロの聖騎士リギアなのだから……)

(ナリスさまが守ってくださる。そしてアルゴスの黒太子と呼ばれたスカールさまも！)

(あたしは勝つ！　勝ってマリンカを取り戻す！)

わああ、わああ、わああ——

潮騒のように歓声と怒号がこだまする、大闘技場のさなかで——

いきなり、ホンファは、すべてがリギアの作戦であったことをそのあまりよろしくない頭に悟ったようにみえた。

「この女悪魔め、たくんだな」

絶叫するなり、ホンファは、剣を胸のところに、さながらサイ《クロー》のひとつ角のようにかまえ、突進した。

「もう許さぬ。ホンファの死力をつくした秘剣を受けてみるがいい！」

その剣を正面からくらったら、リギアの胸など突き抜けてしまうだろう——

それほどの勢いをこめて、ホンファが殺到した。リギアはもう逃げなかった。

「ルアーよ!」

ありったけの勇気をふるいおこし、念をこめて、リギアは剣をかまえ、ホンファの殺到をひきつけた。飛び退いて逃げたいのをこらえ、剣を両手にしっかり握って右に立てかまえたまま、ホンファの突進をぐっとひきつけた。

(おそれるな、おそれるな、おそれるな! もっとひきつけるのだ——もっとうちぶところへ……)

とかく飛び退きたがるおのれにかたく言い聞かせながらリギアが待っているすがたを憎しとみたのか。

ホンファが、「ギャアアア!」とまさしくエルハンの咆哮のような叫びもろとも殺到してきた。

白い砂煙がぱっと舞い上がった! すさまじい絶叫がおこった。瞬間、大観衆は、砂塵に目をふさがれた。

「わ——あ……あ……」

「リナ——リナ!」

「リナだああ!」

次の瞬間。

砂煙りがおさまってくると同時に、これまでとは比較にならぬ大歓声が、大闘技場をゆるがせた！

リギアは突進してくるホンファを充分にひきつけざま、たかだかと腰のバネをきかせてとびあがり、ホンファの剣をよけざま、上から猛烈な突きを突きだしたのだ。リギアの剣はホンファの右肩を貫いていた。

白砂の上にホンファはもんどりうって倒れた。右肩から、血が噴水のように上に噴き出して、白砂を染めた。リギアが砂の上にとびおり、ぴたりと剣をかまえるのをみるやいなや、またしても、「リナ。リナ！」のすさまじい絶叫が大闘技場が壊れんばかりにひびきわたった。

「闘王だ、女闘王だ！」

「女闘王はリナだああ！」

満座の絶叫をあびながら、リギアは、さすがにはあはあと肩で息をつき、砂の上にうつぶせにどうと倒れたホンファの巨体を見下ろしていた。

これ以上は、二の太刀をくらうおそれのないよう、リギアはホンファのきき腕を狙ったのだった。リギアの剣はねらいあやまたず、ホンファの右肩を貫いていたが、そうでなくば、少しばかりの傷ではおそらくホンファがふたたびかかってくるだろうし、二度はこの突撃をかわすことは出来そうもなかった。リギアも気を張りつめてはいたものの、実際にはやはり体力的にはリギアのほうが最終的に弱いことはよく承知の上だったのだ。

それだけに、最初にホンファが決着をつけにくるときが勝負だ、というのが、戦いに馴れたリギアの読みであった。

わあっ、わあっ——と大歓声をあげつづけている大観衆の前で、リギアは審判団の白旗が西にむけて振られるのを確かめ、ほっとして剣をさやに落とし込もうとした——

その、せつなであった！

「畜生ッ！」

すさまじい絶叫もろとも、ホンファが血まみれの左手をのばして、リギアの足首をひっつかんだのだ！

「わああーッ！」

大観衆が悲鳴をあげた。

「畜生——負ける……ものか。女闘王……渡すものか……くそ……」

まさに、妄執、というべきであった。

ホンファの手が万力のような力でリギアの足首をひっとらえ、そしてその力に抗しかねてリギアは思わず足をすべらした。

観客席から悲鳴がほとばしり、闘技士席で見ていたブランは思わず立ち上がった。

「は——なせ！」

「離すか、畜生！」

右肩からはだくだくと鮮血があふれ出ている。手負いのホンファは白砂を血で染めながら、もう右手に握っていた剣は遠くに飛ばしていたが、それでもなお、さいごの力でリギアを引きずり寄せようとしていた。

じっさいにはもう白旗がふられ、勝負は確定している。

「ホンファ！　はなせ！　勝負はついた！」

審判長の叫びも、観客の怒号も、ホンファの耳には入らぬかのようであった。

額にもかすり傷をうけていたので、顔にも血が流れている。その上に倒れたときに砂まみれになったその凄惨な顔で、狂ったように力をこめてリギアのからだを引きずり寄せようとする。リギアは必死に片足で、もう片足をつかんでいるホンファの手を蹴ろうとしたが、素手になったらホンファの力に、リギアでは抗すべくもなかった。

わあ、わあ、わあ――観客たちが叫び続けている。

「ホンファ、違反だ！　もう勝負は終わっているぞ！」

審判たちの叫びも観客の怒号にかきけされがちであった。

ロイヤル・ボックスでも、思わずタリク大公が、大公の身分も忘れて熱中のあまり腰を浮かせていた。ついつい若さにまぎれたふるまいを、老臣たちは眉をしかめてひきとめようとしたが、エン・シアン宰相が苦笑いしてほっておけというように首を振った。

タイス伯爵はさすがに立ち上がりこそしなかったが、座席の前にぐんと乗りだして、夢中でなりゆきにみとれた。

「はなせ！」

リギアの叫びにも、審判団の制止にもかかわらず、ホンファははなそうとしない。

ついに、係員たちが白砂の上に飛びだしてきた。

「見苦しいぞ、ホンファ！」

「それでも去年の女王か！」

「また来年、精進して取り戻すのが筋ではないのか！」

「リナの栄光をたたえてやれ！」

さまざまな声がとんでいるなかを、係員たちがあわててホンファを運び去ろうと手をかけたが、ホンファは血を噴きだしながら手負いの猛獣のように横たわったまま暴れ出した。それにひきずられてリギアもついに横転した。係員たちがホンファの手を、リギアの足首からひきはがそうと何人もで、その手をひっつかんだが、ホンファはおそろしい力でつかんでいっこうに離そうとしない。足首にホンファの指さきが食い入り、リギアは激痛に蒼白になってきた。

もはやこれまでか——と、リギアが剣をふりあげ、ホンファの腕にむかって振り下ろそうとしたせつな、ようやく、あわてて係員がそれを制止し、数人がかりで、ホンファの指さきが、リギアの足首から引き剝がされた。

「うわああ……」

思わず、満場の観衆はまたぞっとして声をあげた。ホンファの妄執を示すように、リギアの足首には深い穴が四つうがたれ、そこから鮮血が流れ出していたのだ。

華麗な勝者の挨拶をして退場するはずの、新女闘王も、担架にのせられて急いで手当をうけるために連れてゆかれることになった。敗れ去った前女闘王も、担架にくくりつけられ、まだ暴れようとするので、上から毛布をかぶせられておさえこまれるようにして連れてゆかれた。担架からなおも、ホンファの肩から流れ出した血が点々と続いているのが、なんともいわれず凄惨であった。

二人の女闘技士が闘技場を去ったあと、なんとなく、まだおさまりきらぬ興奮が人々を支配している感じであった。それは、大試合の興奮というよりも、流血沙汰による、殺気だったたかぶりのようであった。あわてて係員たちが飛びだしてきて、ホンファとリギアの血で汚れた闘技場の白砂を清めて、あとかたもなくその血のあとをぬぐいとりはじめてからも、まだ、人々は興奮さめやらぬていで、口々に何か叫んだり、大声で喋ったりしていた。

そこに、たかだかと、「本日の試合すべて終了」を告げる鐘がうち鳴らされた。人々は、またしても、なんとなくおさまらぬていで顔を見合わせ、それから、タリク大公とタイス伯爵一行の退場を見送るために立ち上がった。

「すごい試合だったな、タイ・ソン」

タリク大公もまた、興奮さめやらぬおももちであった。その若い顔は真っ赤に染まっていた。

「こんなすごい女闘王の試合ははじめて見たぞ！　どちらもすごい闘志の持ち主だな。男顔負けではないか」

「まったくでございます。それにしてもあのホンファの往生際の悪さは驚くべきものがございましたな」

「あのリナという新女闘王、ひどく足をいためたのではないかな」

「かなり出血しておりましたね。まあ、もうこのあとはパレードと表彰式と後夜祭を残すのみでございますから、もし足がひどく痛んだとしても、立っておられぬようなら椅子を用意させますし、なんとかなりましょうが……」

「美人なのに、あんなに強いのだな。大変な女だ」

「さよう、なかなか今年のものたちはみな強うございまして……」

たかぶりのままに語り合いながらも、タリク大公が手をふると、満場の観衆たちは喝采してかれらの支配者、そしてタイスの支配者の栄光をたたえた。それに見送られて、おえらがたたちと、それに付属している貴婦人たちだの、貴族たちだの、小姓たちだのが先に退場していってしまうと、こんどは一般客たちの「追い出し」があわただしくはじめられ、急速にまた、タイスには夜が訪れようとしていた。

これこそもう、本当にあとは後夜祭を残すのみのさいごの夜であった。明日の夜は後夜祭とあって、くだんの乱交なんでもありのどんちゃんさわぎになってしまうので、多少なりとも「まとも」な遊び方をしようと思うのならば、この夜がさいごのチャンスであった。だが、いまの流血沙汰になった試合の興奮で、なかなか、人々は、頭を切り替えて夜のお遊びの雰囲気になって出てゆく気にならぬようであった。

「さあ、早く、出た、出た。もう闘技場は閉まるんだぞ」

大声で係員たちが叫んでいる。観衆はなんとなくまだ茫然としてもいたし、またまだ夢をみているように興奮してもいたので、よろよろと席から立ち上がって、追い出されながら外への通路を一杯にしていた。

まだ、あまりに凄惨なさいごのおまけのひと幕があったために、「美人の新女闘王リナ」を思いきりたたえて、朗らかな気分で発散することが出来ぬかのようであった。それは、翌日の表彰式への持ち越しとなった。

そしてもはや、あと残されたのはただひと夜と一日だけであった——そのひと夜はまだしも、残された一日に残っているものは、ただもう、「ガンダル対グンド」の、大闘王戦だけなのである。

十日に及ぶ水神の祭りはいよいよ、本当の最後の章を迎えようとしていた。泣いても笑ってもあと一日、とはまさにこのことであった。

人々は今夜一晩思い残すことなく遊びまくり、そして明日の肝心かなめの大試合のために、入場券を手にいれたり、賭けをし直したりするために、長い通路からようやく吐き出されたものたちから少しづつ、どっとタイスの街角にむかって流れ出していった。オロイ湖のさわやかな湖上にまた巨大な夕焼けがきらきらと照りかえり、そして、日暮れを告げる有名な「タイスの鐘」が鳴り響いた。きのうも、おとといも、むろんその前も、また夜明けにも正午にもそれぞれの音で打ち鳴らされていた、紅鶴城の天守閣のてっぺんの鐘であるが、この日の日没の鐘はいちだんと、タイスのものたち、タイスに滞在しているものたちにとっては大きな意味を持っていた。それはすなわち「最後の一夜のはじまり」であった。

人々はまだ大闘技場でのなりゆきに興奮しながら、その鐘の音に送られてタイスの町なかへと散っていった。そして、貴族たちはまたしても例によって馬車で今夜の祝宴のために紅鶴城へと戻っていった。

今夜は、明日が後夜祭で町なかでの大騒ぎになるため、本当の意味での紅鶴城での宴会もまたこれが最後であった。おそらく、何日にもわたってあれやこれやと手をかえ品をかえの宴会の御馳走を考え出さなくてはならなかった料理人たちも、明け方までぶっとおしで給仕やサービスにつとめていた使用人たちも、もうあとひと息だとさぞかしほっとしていたに違いない。

だが、それにも増して一番ほっとしていたのは、おそらく、毎晩毎晩タリク大公とタイ・ソン伯爵とを迎えて喝采し、飲み続け、喰らい続け、踊り続け、楽しみ続けなくてはならなかった、宴席の列席者たる貴族たちであっただろう。ここまで続けばこれはもうれっきとした苦行であった。もっともかれらは、ほとんど生まれたときから、城での宴会だけがここまでは続かずとも、そのかわりに今日はどこそこの祭司長、きょうはなにになに侯爵、きょうはだれそれ大富豪、などなどと遊び続けてきたのだが。かれらはまさしく遊ぶことが仕事だったのであり、ことにタイスの貴族たち、クムの貴族たちはそのとおりであった。

この夜の宴席でちょっとした騒ぎがあったとすれば、めでたく新女闘王の地位を得た《リナ》が足にぐるぐると包帯をまいて、松葉杖をついてあらわれ、勝利を祝福されると、タイス伯爵にその勝利の褒美にと、うまやにあずけられている自らの愛馬を所望した、ということくらいであった。タイス伯爵はこの美人の新女闘王の望みを喜んで聞き入れた。そのかわり、足も怪我したことであり、明日のパレードではその馬に乗って行進して、市民たちと観光客たちとに、おひろめをするように、という条件つきであった。

そのあとはもう、いつにかわらぬどんちゃん騒ぎであった。いよいよ、もう、水神の祭りはあますところあと一日だけだったのである。

第四話　決　戦

1

おぼろに朝もやが、ひろびろとはてしもないかのようにひろがるオロイ湖の水平線を煙らせていた。オロイ湖の朝である。

いよいよ、《特別な朝》のはじまりであった。まさにこの日のためにこの十日間の祭りがずっと続けられ、しだいしだいに高潮してきた、その祭りの頂点、本当の意味での祭りのはじまり――である。

そして、まさに今日こそが、《あの日》――すなわち、「永遠の闘王ガンダル対、タイスの新しい星グンド」の決戦の日であった。

そのたかぶりに身をまかせて、恐しく早くから、起きてしまったものもたくさんいた。いや、昨夜来、まったく眠ってさえおらぬものも――興奮のあまりである――少なからずいたのだ。

なかには、もう、極力前のほうのよい場所をとるために、大闘技場の当日券売り場の前や、すでに入場券を手に入れていたものは中に入る門の前に、敷物とからだを包む毛布と、それに食べ物や飲み物を持って、真夜中よりも前から並んでいるものも大勢いた。なにせ大闘技場はきわめて広いので、ちょっとでも近くでこの伝説的な決戦を見たいと思ったら、ロイヤル・ボックスの貴賓席に当然の権利を持っているものたち以外のものは、そうやって並ぶしかなかったのだ。

だが、それでもすでに入場券を手にいれているものはごくごく幸運な連中であった。当日発売の分を手に入れるために、真夜中前から並んでいたものたちのうしろには、さらに明け方までには闘技場をひとまわりするほどの長い列が出来たが、それでもいっこうにそれは終わるようすがなく、夜があけてから来ようと思っていたものたちは、みんな、あまりにも手遅れだったことを知らされることになった。

それでも、諦めないで、もしかしたら何かのはずみに券を手にいれても来ないものがいるかもしれないとか――いるはずがなかったが――また、立ち見でもよいから、というので、明けるとともに押し寄せてくる、ほかに用のあった連中や、事態を甘く見ていた連中が、さらにあとからあとから闘技場の外側に詰めかけてきたので、とうとう券を手に入れようとする人々の列はこの巨大な闘技場のまわりをふたまわりしてしまうことになり、闘技場のまわりで商売をしている屋台の連中は屋台を開こうとやってくるなり、このありさまをみて騒ぎ立てた。

あわてて警備員たちが呼び寄せられて、なんとかして何箇所か、屋台のほうへ抜けられる通路を作らなくてはならなくなったが、それでも、そんな大群衆に屋台とのあいだをさえぎられていたのでは、客足が落ちてしまうのは疑いなかったので、屋台の経営者たちは大騒ぎであった。だが、むげにすべて追い払えという権限はかれらにはなかった。

おまけに、そこに並んでいる連中がすなわち、実際には賭け屋の屋台の客でもあったわけなので、屋台の連中はしぶしぶ妥協して、もっと列の直径を大きくしてもらって屋台の周辺に巨大な輪をかいてもらうよう警備員たちに話をつけ、そして何箇所か、渡り橋のように穴をあけて、外の客が入れるようにするくらいしか、うつ手がなかった。早くも、この特別な一日は、明ける前から波乱ぶくみであった。

だが、人々は、何があろうとこの歴史的な対戦を見逃したくなかったので、決して騒ぎをおこしてつまみ出されるようなこと、排除されたり、逮捕されたりするようなことをすまいとしていた。それで、それほどに混乱がおこっているわりには、タイスでは、驚くほど、事件沙汰になることは少なかった。みんな、警備員が出てくるとすばやく、それまで血相をかえて怒鳴りあっていた連中もなにごともなかったふりをした。そうして、「試合の予想でちょっと興奮して友達と怒鳴りあっていた」だけだ、とあやまるのだった。また、事実、そういうケースも珍しくなかった。

しかし基本的には人々はまったく争いあったりしようとさえせず、ただひたすら、これからはじまる歴史に残る対決についてああでもない、こうでもないと興奮して喋りかわしながら、おとなしく並んで待っていた。そこにそうやって並んでいたとて、実際には、入場券が手に入るという保証は何ひとつなかったのであるが、それでもかれらは並ばずにいられなかったし、それに、少なくともそこにたむろしておれば、『お知らせ屋』の情報については、どこにいるよりも一番早く聞けることも、また、実際に場内で試合がはじまったときには、試合を見ることは出来なくても、その試合に場内の幸運な観客があげる歓声や怒号をきいて、臨場感を味わうことだけは出来たのである。

ぬけめのない食べ物屋の屋台が、それをみて早速この大行列の周囲にあらわれてきた。これはもちろん、今回はじめてというわけではなく、ここまで大騒ぎになることこそ珍しかったが、基本的に水神祭り大闘技会の最終日、決勝戦というものはこういう騒ぎになることになっていたので、もう、最初からそれをみんなあてこんでいたのであった。

そうして、タイスはあたたかいとはいえ、オロイ湖もごく近く、湖を渡ってくる風も夜明けがたには冷たかったから、温かい食べ物や飲み物、そしてまた、ずっと行列していて列をはなれられぬ連中のための朝飯などを売りつけにくる屋台はたいていそこでいいもうけが出来たのであった。真夜中といわず、数はさすがに少なかったがもうすでに、女闘王位の終わった直後から並びはじめるものさえいたから、そういう連中は、それこそ三度どころか四度くらいの食事をすべてその屋台の食べ物でまかなった勘定になるわけであった。それでも、そのたびごとにまったく違うものを食べて充分に満足できるくらい、いろいろな種類の屋台や、車にのせられた移動物売りの屋台が、その周辺で商売をはじめていた。

　また、なかには非常にぬけめのない、おもしろい商売をやるものたちもいた。これだけ行列になっていると、いろいろと問題になってくることがある。遠眼鏡や、グンドとガンダルの肖像を売りつけようというのはごくごくまともな商売であって、なかには寒さしのぎの毛布や座布団を貸して商売にするものもいたし、さらに驚くべきなのは「便所屋」と呼ばれているとてつもない商売があった！

　かれらは巨大なこえたごを天秤棒でかついできて、それを行列の風下のにおいのあまり流れてゆかない、ややはなれたところにすえ、それの上に持ってきた小さなやぐらを組み立て、そうしてそのまわりにごくごく小さな天幕を張った。そうして、この「移動式便所」を、便所に不自由している行列の連中に提供して金をとろうというのであった。列に並んでいる場所には、二人ひと組できたこの便所屋たちが、ひとりがかわりに入って列をとっておいてやる。そうして用がすむと、またほっとしたその観客はもとの場所に戻るのだ。

　そうして、なにせ大勢であるからたちまちのうちにこのこえたごが一杯になってしまうと、かれらは近所の堀割にすえてあるグーバのところにこえたごを運んでいって、そこにつないである大きなふたつきの肥桶にそのなかみをあけた。この「なかみ」は、グーバで運んでいってしかるべく腐らせれば、近隣の百姓たちが大喜びで高く買い求める肥料になったのである。これは、行列に並んでいて、場所をはなれたら元も子もないが、しかし生理的欲求には迫られて困っている人々にとっては福音のような商売でもあれば、また、それをやる側にとっても、少々くさいのを我慢しさえすれば、まことに理にかなって、その上衛生的でもある——それで、この商売は、闘技大会の主催者たちにとっても歓迎されていたのだ——たいへん結構な存在であった！

まあそのように、タイスでは、このような騒ぎは決して珍しくもなんともない、毎年毎年繰り返される年中行事だったので、非常に、組織だった対応がすでに成立していた。水神祭りの闘技会は年に一回であったが、ほかにもタイスでは、ひっきりなしに女だけの闘技会だの、男だけのだの、少年たちだけのだの、種目が限定されたものだの、またそれこそありとあらゆる種類の闘技会が開催されていたからである。

だが、そのなかでももちろん、水神祭り闘技会こそは、闘技会の花中の花ともいうべき、まったく特別な、一年のなかでの最大のものであり、そうして、それもまた、十年ごとにただの闘技会ではなく「闘技大会」となって、いつもより大規模に開催されるのが恒例であった——今年がその「大会」にあたっていることはむろんであった。

そしてまた、もちろん、その、十年ごとの「大会」のなかでの最大の花形が「大平剣個人の部」決勝であったことは、何回もいってきたとおりである。

そして、もう云わずもがなの今回のこの対戦こそは、これまでのすべての水神祭り闘技大会の記録をぬりかえるものになるのではないか――と、大会の主催者、つまりはタイス伯爵以下の運営委員会のものたちはおおいに期待をかけていたし、また、その期待はすでに、嬉しいほうに裏切られつつあった。つまり予想していたよりも、さらにさらに観客は多く、さらに賭け金はうなぎのぼりになり、そして、うわさをききつけて、よりにもよってこの日だけ、と絞りにしぼってタイスにやってくるあらたな観客たちまでも、あとをたたなかったのである。

もう、タイスはどこもかしこも人でいっぱいであった。かなり広く、たくさんの店があるタイスでも、腰をおろしたり敷物をひろげる場所を見つけるのにはめちゃくちゃに苦労するし、どこの店でも相当並んで待たなくては水一杯買うわけにゆかない、という状態が、朝があけて、一日がはじまったころからもう、ずっと続いていた。それはもう、このあとは改善されるどころか、後夜祭がすんでタイスがようやくまた静かになるまではまったく、ひどくなってゆくばかりであろうと思われた。

それでも人々はいっこうに気にかけなかった。これはなんといってもあまりにも特別な祭りであったし、そうして、これはその長く続いた祭りの最高潮であった。今夜一晩くらい、寝られなくてもいいや、というので、夜通し騒いでやろうと、最初から宿屋などまったくとらないでやってくる連中が、近隣からも、もっと遠くからも、どんどん市門を通り、また波止場に船でついて、タイスの臨時の人口は膨れあがるばかりであった。午前の鐘が、残されたいくつかの再試合の開始をつげると、人々はいっせいに大闘技場に吸いこまれていった。きのうまでは、いたるところで、さまざまな試合や競争が行われていたが、きょうはそれはもう、再試合をするものをのぞいてほとんど終わっている。投票をするものもうきのうのうちに開票がすんだものが多く、きょうのものはいくつか限られたものだけだ。

それゆえ、これまでの九日間は、これだけ人口が増えてしまっていても、それなりにあちこちに——マイヨーナの神殿だの、またロイチョイだのに散ってしまっていたが、きょうというきょうは、タイスに住むもの、タイスで暮らすもの、タイスに滞在しているもの、タイスにやってきたもの、それらのすべてが、心を一にして市立大闘技場へと押し掛けてこようとしている。

まだ、恒例のいくつかの行事が残っているので、水神広場も人出があったし、それぞれの神殿にも多少人がよりついていたが、正午が近くなるにしたがって、それはまったく姿をひそめてしまうだろう。そうして、まるでタイスそのものが無人の都になったのではないか、というような、ふしぎな空白が、この美と頽廃と爛熟の都に出現するはずだ。それもまた、恒例であった。

紅鶴城もまたその例にもれぬはずである。紅鶴城こそ、きょう留守番をしなくてはならぬものはまったくの貧乏くじで、その留守番たちも互いに融通しあって、なるべく少しだけで留守を守り、なるべく大勢が見物にゆけるようにときのうからいろいろとはからいあっている。こんな、歴史に残る大決戦を見たくないものなど、ひとりとしていはしないのだ。

紅鶴城の巨大な台所も、騎士たちの宿泊所も――むろん、最低限、機能をはたすことが出来るような人数だけは残っていたが、しかしそれはまったく、日頃のざわめきとはくらべものにならぬ人数であった。もっとも、紅鶴城では、きょうの闘王たちの行進が終わってから、最終的には、その行進はタイスをひとまわりし、マヌの神殿に勝利の礼を捧げてから、紅鶴城に戻ってくることになっている。そうして、そこでは、今日は奥の巨大な謁見の間だけではなく、二の丸を一般市民に開放して、すべての勝利者の、あらかじめきのうのうちに描かれた、マヌの冠をつけた肖像――もっともたいていそれは、優勝候補に絞って前もって描いてあったのだが――と、そして技能競争で勝ったものについては、その作品がすべて陳列されている。それの製作者や優勝者の実物たちは奥の丸で貴族たち、支配階級たちとの祝宴に出ているので、市民たちのためには、肖像画と展示物が陳列されるのだ。

そして、どんな身分の、どこからきたものにも、平等に御馳走と酒とがふるまわれることになっているので、その用意はむろんされなくてはならなかった。そのためには、城にもかなりの人手が残っていなくてはならなかったのだが、しかし、これも例年のことなので、馴れっこの城の使用人たちはかなり要領よく、前日のうちにほとんどすべての手配をすませ、そうして、闘技大会が終わりしだい、表彰式をあきらめて先にこの城に戻って祝宴の手筈をすませればよかろう、と考えていた。祝宴そのものは比較的短く、祝杯があげられるとそのあとは、また場所は水神広場にうつって、いよいよさいごの儀式――後夜祭の儀式が行われる。勝利者たちは無蓋馬車にまた乗り込んで最後のパレードに入る。水神広場で、エイサーヌーとラングート女神の像の前に、水神祭りの終了の報告がなされ、祭司長による、水神祭りの無事終了を祝い感謝する祈禱が捧げられ、勝利者たちがマヌの勝利の冠をエイサーヌーに奉納し、おのれの武勇をエイサーヌーに披露したのちに、祭司長と、そして優勝者中の花形たち――つまりは大平剣の優勝者と、女闘王、そして通常はマイヨーナの大祭の優勝者ということだ――がさいごの生贄をエイサーヌーに捧げる。めでたい数である七対のヒツジののどが清められたナイフでかき切られ、その血が特別の大杯に受けられたのちに、祭司長と闘王たちが、その大杯になみなみと注がれたゆげのたつヒツジの生血をエイサーヌーの像――この場合はさしものラングート女神も除外されて、水神だけが優先されることになっていた――に注ぎかけるのだ。

　エイサーヌーがおびただしい量のヒツジの生血に濡れた瞬間、水神広場のすべての松明が消される。それは通常、月の出をみはからって行われることになっている。もしも月のない、曇りの夜だったら？――これまでのところは、そういうことはめったになかったし、あった場合には、ただ単にすべてがいっそう深い闇の中でおこなわれることになる、というだけの話であった。それでも、タイスのひとびとはいっこうに困らなかったのだ。

　そして、すべてが一瞬、松明とかがり火のすべて消されたあとの暗黒に包まれた、そのあとが、すなわちかの有名な「タイスの水神祭り後夜祭」であった――その暗黒のなかでなされるかぎり、どのような身分違いも、どのようなとてつもないらんちき騒ぎも許される、という、あのとんでもない乱交とばかさわぎと乱倫、乱淫のおどろくべき一夜である。

　実際には、水神祭り闘技会のクライマックスもさることながら、それにことよせて、この乱交の一夜を期待して、祭りに訪れるのをこの最終日にするものも相当数いたのだ。

　それゆえ、むろん大平剣の決勝戦の興奮もあったけれども、たくさんの人々が「その後のさいごのお楽しみ」――お楽しみというにはいささか荒っぽすぎたにせよ――をも思って胸をワクワクと高鳴らせているはずであった。

もちろん、このような乱交、乱淫にはとても参加したくはない、という、それこそミロク教徒のような連中はタイスといえどもそれなりに大勢いたので、そういうものたちまでがこのらんちき騒ぎにまきこまれて、いらざる被害をこうむることのないよう、例の、戸にかけておけば決してそのなかへは立ち入れぬという「貞淑の輪」というしきたりもあったし、また、すべての乱交は「戸外で」おこなわれる、というなかなかにしょうもない取り決めもあって、ちゃんと一応、真面目な人々の心の平安は守られるようなしくみになってはいた。もっとも、かの「貞淑の輪」がどのていど実際に利用されているのか、という点については、なにせ真っ暗なことであるからよくわからなかったし、ひそかにおめあての家から「貞淑の輪」をとりはずしてしまって「最初からついていなかった」と申し立てるような不埒なやつも、ことに場慣れした旅行者たちのなかには、ないとはいえなかったのであるが。

だが、いずれにせよ、それは最後のさいごのお楽しみであった。そして、このおどろくべき「最後の一日」は、まさにいま、はじまったばかりであった。

時がたつのは、驚くほど早く感じられると同時に、また、びっくりするほどのろのろとして感じられた。ことに、うんと早起きしてしまったり、逆に全然眠れなかった連中にとってはそうであった。

だが、それでも、時そのものは本当はまったくこれらの大騒ぎ、ばかさわぎに何の影響も受けていなかったので、粛々と、クムでいわれる時の神アーロスがきちんと水時計で刻みつけるとおりに進んでいった。どんどん人々はタイスに上陸し、あるいは市門をくぐりぬけて入ってきつつあり、「タイスは入るはやすく、出るはかたき」都である、などという言い伝えなど、まったく歯牙にもかけていないかに思われた。

日がすっかり中天にのぼり、正午が近くなると、ロイチョイのすべての廓の扉が開いた。日頃、とざされて、登楼する客にしか開かれぬロイチョイの扉が開き、そして、娼婦たち、男娼たち、色子たち、やりてばばあやこの巨大な廓に生活のかてを得ている膨大な人数の人々すべてが、一年に一回だけ、自由におもてに出てくることを許されたのであった。かれらは、原則として、ひいき客が買い占めて連れだしていないかぎりは、闘技場に一般人にまじって入ることは許されていなかったのだが、そのかわりに、ロイチョイ専門の「知らせ屋」がかけつけて次々とさまざまなようすを言葉たくみに、身振り手振りで語ってきかせる。それをきき、そして水神広場には、善良な一般市民たちが大闘技場につめかけているいまのあいだに、非公式に参拝してエイサーヌーに美と快楽の都タイスの末永い安泰と繁栄、ロイチョイの繁盛を祈り、またロイチョイじゅうにある例の醜いラングート女神像にふるまいの酒をかけて清めてまわるのも、水神祭りのひとつのしきたりになっていた。

それで、ロイチョイ周辺は、ここぞとばかり着飾った、娼婦たちや男娼たちや、廓専属の芸人、賭け屋、博奕打ち、ならず者、ひも、牛太郎たちでみるみる一杯になった。正午が近づくにつれて、さきにいったとおり、さしもの水神広場さえもからっぽになり、そしてそのかわりに大闘技場の周辺にほとんど八割がたの観光客やタイスの住民たちがひしめきあうことになる。ロイチョイからは、そのあいだに、牛太郎や楼主に連れられた、着飾ってわくわくしている芸妓や娼婦や色子たちが水神広場に無蓋馬車で連れてゆかれ、次々とエイサーヌーに祈りをささげ、そなえものをする。もし、大闘技場に詰めかけていない観光客があるとしたら、きょうの決勝戦を見るよりも、こちらのこの、華やかだがどこかうらさびしい「裏行事」を話の種に見ておきたい、と思うものたちだけだっただろう。だが、例年だとそちらもそれなりに人気を集めるのだが、今年ばかりは、そういうこともありそうにもなかった。何をいうにも、今年の大平剣の決勝戦は、「あのような」組み合わせだったのだ。

そして、開戦予定時刻の正午が近づくにつれて、どんどんひとびとの興奮は高まり、そしてどんどん、予想されたとおりタイスのいたるところは——波止場はいうまでもなく、盛り場、目抜き通り、水神広場、マイヨーナ神殿前広場、それと並ぶ技能神アルクトや飲食の神インランの神殿など日頃は決してひとのすがたがたえたことのない場所からまで、まったくひとのすがたはなくなってしまっていた。

さながらそれは美と快楽の都タイスが「死の都」にすがたをかえた一瞬のようであっ

た。もしもたったいま、何も知らぬままにこの都を通りかかり、そして市門でも見とがめられて事情を教えられることもないままにこのタイスの市内へ足を踏み入れた旅行者がいたとしたら、おそらく、この都はすべての人間が忽然と消失してしまったという、あの不思議な「幽霊船」の伝説さながらに、すべての住民が一夜にして姿を消してしまったのか、とさえ信じたに違いない。それほど、つい昨夜まで、いや、ついさきほどまであれほどに大勢の人間たちがうごめき、ひしめき、行列し、叫びたてていたタイスの街角は、突然にまったく無人の、がらんとなった、しーんとしずまりかえった廃墟かとさえ見まごう場所にすがたをかえてしまっていた。

人々は、しだいに異様な熱狂にとらわれるあまり、もうあまり騒がなくなっていた。あまりにも熱狂の度合いがあがってゆくと、もう、ただ大声で叫ぶことさえも、しだいにはばかられるようになってゆくものとみえた。

タイスを埋め尽くしたひとびとは、ひたひた、ひたひたと大闘技場の周辺を埋め尽くし、そしてもう、大声で「グンド、グンド！」「ガンダル！」と叫ぶこともしなかった。

というよりも、今日のこの対戦に限っては、何かむしろ、神話的な畏怖、とでもいったものが、人々の心をまったくとらえてしまっていたのだ。かれらは、本当はグンドの名を叫びたいのだけれども、もしもそれをあまりにおおっぴらに叫んでしまったら、かのおそるべき怪物ガンダルが、逆上して観客席に殴り込んでくるのではないか、そしてあのすさまじい膂力とその大剣とでもって、あたりを血の海にかえてしまうのではないか、というような、漠然とした恐怖感に圧倒されていたのであった。

同時にまた、タリク大公がガンダルの小屋主であることもあって、あまりにも、おのれの支配者の前で、グンドをおおっぴらに応援することもはばかられるようであった。じっさい、ひとつ間違えればこれは、ガンダルを擁するルーアン、そしてタリク大公と、それの支配をうち倒さんとするグンドを擁するタイス、その支配者であるタイス伯爵タイ・ソンの、激烈なひそやかな争いそのものの象徴である、とみえぬわけでもなかった。じっさいには長年のあいだ、タイスは平和そのものにルーアンのクム大公家に朝貢し、それにたいして臣下の礼をとっていたものの、タイスの莫大な富と観光資源とは、クムにとってはきわめて重大な財源でもあったし、それゆえにタイス伯爵家の意向というものは、ずっとクム大公家にとって無視できないものでありつづけていた。もしも、タイス伯爵家がもっとずっと、ほかの都市の支配者なら当然そうであるような、「ただの地方都市の支配者」の大きなものであるだけだったら、そもそもタイス伯爵の令嬢をタリク大公の大公妃にしたい、というタイス伯爵の意向なども、もっとずっと簡単にあしらわれ、しりぞけられたり、ほかに何の不都合もなければ受け入れられたりしていたことであろう。若いタリク大公や、エン・シアン宰相が苦慮するほどあって、タイス伯爵の意向、というものは、なかなかに無視出来難いものがあったのだ。それゆえに、これは、ひらたくいえば「ルーアン対タイス」「クム大公家対タイス伯爵家」の面子、衿持、威光、などもひそかにかけられている決戦でもあったのだった。

2

もっとも、そうした事情などは、一般の、ましてやタイス市民ではない観光客たちにとってはいっかな知るところではなかったし、知ったところでどうということもありはしなかった。かれらは、ただひたすら、まもなくはじまるはずの「ガンダル－グンド」決戦に半狂乱に入れ込んで、心臓がつぶれんばかりに興奮していた。

大闘技場はすでに、その前にいくつか再戦も行われていたし、さまざまな、「最終決戦」前の儀礼もあったので、ぎっしりと立錐の余地もなく大観衆が詰め込まれていた。

きのうは、それでも、まだこの大闘技場にぎゅうぎゅうと詰め込まれた観客は、ロイヤル・ボックスとその周辺を別にして、いいところ二万数千人というところであった。だが、きょうは、すでに、「お知らせ屋」に発表されたところでは、この大闘技場には、なんと四万人近い人間が入っていた――つまりは、きのうの倍とはいわないが、六、七割増しの人数が、同じ場所に詰め込まれていたのだ。

人々は、きのう五人がけであったベンチにきょうは十人も座らなくてはならなかったし、それこそそうなってしまっては身動きさえもとれないありさまだったが、それでも誰ひとりとして、ひとことの文句も言おうとはしなかった。それをいって、万一つまみ出されてしまっては——せっかくこの闘技場のなかに入り、世紀の決戦を目の当たりにする、という信じがたいほどの幸運を得ることができたのに、という恐怖が、ひとびとをきわめて従順に、おとなしくさせてしまっていたのだ。

だがそれはまさしくもっけのほかの幸運にほかならなかった。なぜなら、闘技場の外野席では、それこそ、もう前のほう以外は座ることもできなくなって、たがいにゆずりあい、つめあいをくりかえした結果、うしろのほうは立ち見状態であったし、それでも、ともかく闘技場のなかにさえ入れれば、それは大変な幸運であった。闘技場の通路にも、階段にも、せめて声だけきき、なかの空気だけにでも触れようという人々が、押し合いへしあいして立っていたし、それもかなわなかった人々が、嘆きながらも、闘技場になるべく近いところにいようとして、闘技場の周辺を埋め尽くしていた。

くだんの屋台の群れはもう、いったん、とりはらわれていた——ひたひたと少しでも闘技場に近づこうとする群衆の圧迫はたいへんなものがあったし、また、賭け屋たち、屋台のあきんどたちそのものがもう、とてものことに商売どころではない心境であったのだ。かれらは、そうそうに屋台をたたみ、またあとで、後夜祭がはじまる前の、闘技場がからになったあとで商売を再開することにして、かれら自身が闘技場をとりまく大群衆のひとりに加わってしまっていた。そして、それでもまた、闘技場に近いところにぐるぐると闘技場を取り囲んでいるものたちは幸運であった。

さらに遅れをとったものたちにとっては、見えるのはただ、闘技場の外壁と、その下をかなりの範囲にわたって埋め尽くしている群衆の頭だけ、というありさまであった。

じっさいにはこの闘技場は、この時代の世界でも有数の建物であり、これほど巨大な闘技場は、尚武の国柄を誇るケイロニアでさえ、ありはしなかった。それほどに、タイスでは、「娯楽、賭けの対象としての闘技」が、盛んであったということである。そして、ゆっくり座って一万五千人、ぎゅうぎゅうと詰め込めば二万人以上を収容できる、というふれこみのこの闘技場は、何回もの改装を重ねられていまの時代の技術で出来うるかぎりの高層建築となり、すり鉢型の階段席は可能なかぎり頑丈に補強されて人々の重みに耐えられるように工夫されていた。

それでも、じつにその闘技場にいまや、収容可能人数とされるものの倍近くが詰め込まれているのである。それこそ、身動きひとつままならなかったのも無理はなかった。もう、きょうときょうは、その群衆のあいだを飲み物や食べ物、闘士たちの肖像画を売り歩く物売りが通ることなどまったく無理であったし、出来れば小さい子ども、赤ん坊は連れ込まないようにと、入口で注意されて、一人が大勢の子供連れや、あまりに小さい子どもを連れているものはあえなく追い出されてしまったものも多かった。小さい子どもや赤ん坊には、この混雑はあまりにも危険であるとみなされたのである。また事実、このありさまのなかでは、もしもいったん親が手をはなして迷子になってしまえば、二度と子供は発見されない確率のほうがはるかに高かったし、それどころか、子供の手をはなしたら、下手をしたら子供が群衆の下敷きになったりおしくらまんじゅうにつぶされて、あっけなくぺしゃんこになってしまうだろう、というおそれさえあった。

それでも人々は競技を見ないではいられぬ気持だったので、どのようなことをいわれても、どのようなすさまじい環境でも、ぎゅうぎゅうと押されてつぶれそうになっても、とにかく闘技場のなかにいられるかぎりは耐えてじっとしていた。もっともそう長いことはこのままではいられそうもなかったが、さいわいにして今日の試合はこれひとつだったのだ。もうあとものの一ザンも辛抱していればいいのだ——その思いが、この相当に非人間的な環境にさえ、耐える力をかれらに与えていた。

刻々と正午が迫ってくる——やがて、ロイヤル・ボックスに、タイス伯爵一家とその側近たち、そしてタイスの重鎮たちが着飾って姿をあらわしてこのぎゅうぎゅうづめの観衆のかっさいをあび、そのあとにルーアンの重臣たちが悠然とあらわれ——さいごにタリク大公が、寝不足の多少げっそりした顔で、だがこれも豪華に盛装してあらわれて、ふたたび観衆の歓呼をあびた。タリク大公は、せっかくいったんルーアンに戻って英気を養い、かつアン・シア・リン姫とその父親の猛攻から逃亡していたのもむなしく、たった二日で、またしても多少憔悴してしまっていたが、これはおそらく、アン・シア・リンに迫られすぎた、というよりは、きっすいのタイスっ子たちに比べれば、ずいぶんと、ルーアンの人間たちのほうが、まだしも真面目、といっては言い過ぎでも、多少は禁欲的なところがあったのかもしれなかった。もっとも、それでもルーアンっ子でもクムの人間には間違いなかったから、当然、遊びが嫌いなわけもなかったのだが、やはりタイスはあまりにも特別な場所であった。

タリク大公がその座につくと同時に、超満員の群衆は、なんとなくしいんとなった。じっさいには、むろんこれだけの数の群衆がいちどきにしずまりかえったわけではなく、ひっきりなしにざわざわとささやきあう声もおこっていれば、いろいろな物音もたえずあちこちから聞こえてはきたのだ。だが、それにもまして、その全体を覆い尽くすかのような、まるでみなの心臓の高鳴りがひとつになったかのような期待と興奮が、いよいよ頂点に達しようとしていたのだった。

ひたひたとたかまってゆくその緊張感のなかで、人々はひたすら、東と、西の闘技士の出入り口の門を見つめていた。そこが次に開くときには、それは、伝説的な《最終決戦》のはじまりなのだ。

かれらは、自分たちが、どのような結果になるかはむろんまったくわからぬながら、何か、非常に重大な、歴史的な瞬間に立ち合おうとしているのだ、となんとなく、全員が感じ取っていた。なぜ、そのように思うのか、かれら自身でさえ、わからなかったかもしれぬ。

(要するにただの闘技大会の、ひとつの試合だというにすぎないじゃないか!)

なかには、そう、おのれをいましめたり、おのれの異様な緊張感を嘲笑うものもいたかもしれぬ。だが、それでも、かれらの動悸はやまなかった。そして、試合開始の刻限が迫ってくるにつれて、かれらの緊張もまた、高まってゆくばかりだった。何かが起きる——かれらは、それぞれに、霊感の強いと自負するものもいれば、そんなものはからっきしご縁のないものもいたが、それでも、この緊張を感じるためにはさしたる霊能力をも必要とはしなかった。

(なんだか——すごいことが起きそうだ……)

(なんだか、全然わからない。だが、とてつもないことが……)

(まさか——どちらかが、殺される——のだろうか……)

それはだが、べつだん、この大闘技会の歴史のなかでは、特に珍しいこと、というわけでもない。

基本的には、試合相手の死亡にまでいたることは、タイスの闘技大会では、あまり歓迎されていない。

といって厳禁されている、ということもなく、運が悪ければそういうことはままあったし、それは職業的な闘技士のひとつの宿命として、あまり深刻には考えられぬことになっていた——もっとも成り行きしだいでは、重大な遺恨試合となるようなこともないわけではなかったのだが。

しかし、今度のこの大試合は、《何かが違う》——と、誰もが、ひそかに感じていたのだった。

遺恨試合、というほどのことはない。しいていうならば、すなわちこの水神祭りの主催者であり、ということはこの闘技大会の勧進元でありながら、もはや二十年の長きにわたって、ルーアンの闘技士であるガンダルに、大闘王の座を奪われている、という遺恨は、幾久しくタイスにはある。

だが、だからといって、それは例年のことであって、いまにはじまった話ではないのも確かだった。

昨年の闘技大会では、タイス伯爵が満を持して押し立てた若き闘技士サバスが、あっさりとガンダルに敗れ、面目が地に落ちた、と感じたタイス伯爵によって、残酷にもその場で毒杯を仰がされてあえないさいごをとげている。

毎年、なんとかしてマヌの大宝冠をタイスに取り返したい、と焦るタイス伯爵によって、実にさまざまな闘士たちがあちらこちらから発掘されてきては、ガンダルに挑戦させられ、そしてそれはいままでのところすべて敗北のうきめを見ている。もはや、ガンダルが引退するまでは、ガンダルの不敗伝説はゆるがぬのではないか——とまで、思うものがどんどん増えている。

それだけに、タイス伯爵としては何があろうとも今年は勝ちたいという悲願に燃えている。それに、すでにかなりの年を重ねてきたはずの老英雄ガンダルが、おそらくは今年勝利すれば、それをさいごの花道としてついに引退するのではないか、といううわさも、最初から乱れ飛んでいた。もし、この大会で、ガンダルが勝てば、ガンダルはついに不敗のままに闘技会を去ってゆくことになり、いっぽう、タイスはついに、永久にガンダルの後塵を拝したままとなる。

だが、ガンダルがこの、もしかしたら《さいごの一戦》となるかもしれぬ決勝戦で敗れ去ったとしたら——

そのときこそ、タイスの水神祭り闘技大会は、まったくあらたな、おどろくべき頁を迎えるだろう。そのこともまた、人々にはいやというほど、わかっている。

(ガンダルか……)

(グンドか……)

(やはり、ガンダルだろう)

(いや、今度こそ——)

(いかにグンドといえど、ガンダルには勝てまい……)

（いや、グンドならば……あのタイスの四強すべてをあっさりとほふった、あの豹頭の英雄ならば……）

その、裁断が下され、結果が明らかになるときが近くなってきたのだ。

しだいに、《そのとき》が近づくにつれて、誰も制さずとも、大闘技場のすしづめの観衆は、どんどん、重苦しい沈黙に包まれはじめてきた。

もう、しだいにざわざわとささやきあう声もひそめられてきた。あまりの息苦しさに、声を出して話そうとするものも、逆に、まわりからじろりと見られて、あわてて退却し、黙り込んでしまうことになった。

人々の心はもうひたすら、決戦の上にだけあったのだ。ロイヤル・ボックスでもそれはごたぶんにもれなかった。

いつもなら《アイヨー》の芸人たちのこっけいな、たくみな芸だの、またなんらかの余興が試合と試合のあいだの無聊を慰めるのだが、今日ばかりは、そんなものが下手に登場したら、いっせいに怒った観衆からとてつもない反撃をでもくらいそうだった。それを読んでいたので、運営委員会は、なにもひまつぶしの余興を登場させなかった。

それゆえ、いっそう、人々の緊張感は高まるばかりであった。心臓の音がしだいに高まりはじめ、ついには大闘技場をひとつになってとどろかすかとさえ思われた。

いよいよ、試合開始の刻限が近づきつつあるのだ。

いっぽう――

「兄貴――」

本当は、そう呼びかけたいのではないのだ、という思いを、押しこらえるようにして、ブランは、そっとグインの後ろに寄っていった。

今日は、特別の大試合であるし、最終戦でもある、というので、それぞれの選手には、おつきの闘技士を、おのれの指名したものを選ぶ権利が与えられていた。ガンダルは知らず、グインが指名したのは《スイラン》であったので、ブランは、その心づかいのおかげで、試合の直前まで、西の闘王の控え室で、グインの面倒をみていることが出来た。

今日は、グインが西の控え室、現在の大闘王ガンダルが東の控え室にいた。いつも使われるあたりまえの控え室ではなく、さらにその廊下ひとつぶん奥にある、外の喧騒が一切きこえない、貴賓室のように設備のととのった部屋に、グインはブランと、さらにつけられた小姓たち二人と試合のはじまるのを待っていた。が、小姓たちのことは、グインはいろいろと用件を言いつけて外に出してしまったので、試合開始前のこの一刻、グインのかたわらにいるのは、気心の知れたブランだけであった。

「ここにも伝声管なんか、仕掛けてあるのかな」

ブランは室の天井だの、あちこちを見回しながらつぶやいた。

「ああ、たぶん、そう思ったほうがいいだろう。いつもどおりにしておけ」

「しょうがないですね」

ブランは低く呟いた。それから、ちょっとまぶしそうにグインを見た。

「落ち着いておいでになる。——それとも、こんなことは、そんなに、興奮するに足りず、と？」

「そんなことはないさ。だが、興奮せぬようにしている。興奮したところで、ろくなことはない。冷静なのにこしたことはないからな」

「そ、そりゃあそうですが——それが出来るから、やっぱり兄貴はすげえや」

「べつだん、凄くはないさ。もうここまできてしまえば、なるようにしかなるまい」

「それも……そりゃ、そうなんですがね……」

ふうっと、ブランは太い息を吐き出した。どうも最前から、ブランのほうがよりいっそう、興奮してしまっているようであった。

「ああ……なんだか、俺のほうが夢中になっちまって、心臓がとまりそうだ。——どうしたらいいんだろう、こんなに興奮したのはひさしぶりですよ。自分が出るんでもないってのに……」

「……」

グインは笑って答えない。その、悠揚迫らず落ち着き払った、日頃と少しもかわらないようすを、ブランは正直のところ、いささか化け物を見るような目つきで眺めた。

「勝算あり、だからそんなに悠然としていられるんですかい？」

「勝算もへちまもない。相手があのよろいかぶとをとらぬ限り、俺にはきやつがそのような正味なのか、かいもく見当もつかぬ。だから、あれこれ考えてみたところで仕方ないのだから、あれこれ考えることはない、というだけのことだ」

「そりゃあ、その理屈は間違いねえが……」

また、ふうっとブランは息をつく。ふいに、つと、ブランはグインのかたわらに寄り添って、たとえ天井に伝声管が仕掛けてあったとしても、とうてい聞こえぬような低い声で囁いた。

「とうとう、ここまで来てしまいましたね、陛下……」

「ああ」

グインのようすは少しもかわらない。

「とうとう、あの化け物めと……くそ、本当にこんなものが生きて見られる日がくるとは……」

「………」

「失礼。俺が興奮しても仕方ないということはよくよくわかっちゃあいるんですが……ついつい、興奮しちまって――」

「……」

「俺は、陛下の精神集中の邪魔ばかりしていますかね。ちょっと、あちらに参っておりましょうか」

「べつだん、精神集中などしておらぬ。そのようなものは試合場ですれば充分だ。退屈だから、ここにいてくれたほうがよいな」

「そ、そういっていただくとほっとしますが――しかし……」

ブランは、何か云いたくてたまらないのだが、云おうとすれば、あまりにもばかげたことや陳腐なことや、グインをうるさがらせそうなことばかり云ってしまいそうだ、という思いに首をふった。

「決して――陛下に限っては、万が一のようなことはおありにならぬとかたく信じておりますが……もし、もしも本当に――何かありましたら、そのときには、昨夜陛下がひそかにおおせになりましたとおり……」

「ああ。それについては、よんどやむを得なければそうするしかあるまい。そのさいには俺も我を折らずばなるまい。お前に、すべて後事を託すことにするぞ」

「そう、云っていただけただけで、不肖このわたくしの、一生のほまれというもので……」

「だが、まずはそれも何も考えてはおらぬ。――終わってから考えればよいさ」

「それは……本当に——ああ、くそ、本当に、俺ひとりがじたばた興奮しているみたいで……」

「なに、俺も内心ではけっこう緊張もしておれば、興奮もしておるさ。もっとも俺が緊張しているのは、ガンダルとの対戦についてではないが」

「はあ……」

「そちらについては、緊張すればするほどよろしくない結果になるだろうと思うのでな。それは避けたい。そちらはあくまでも、平常心、だ。なにせ、これだけ、あいてがどのような存在なのか、本当のところがわからぬ試合は珍しいからな」

「さようで……」

「が、案ずるな。なんとかするさ。少なくとも、お前にそこまで迷惑をかけるようなことはせぬ。おのれの運命はおのれの手で切り開く——それが、俺のこれまでしてきたことであるはずだ」

「さようでございますな……」

「待て。鐘が聞こえてくるぞ」

「おおっ」

ブランは息のとまりそうな顔をした。

「いよいよでございますか！」

「ああ。それではいってこよう。お前はここから、審判席の下の窓から見られるのだったな」

「はい、さようで……」

「おお、間違いない。小姓の足音がする」

「ご武運を、あの——陛下」

どうしても、そう呼びかけたくて、ブランの声はかぎりなく小さくなった。

そして、ブランは手をのばすと、グインの手を握り締めた。

「ご勝利を信じてお待ちいたしております」

「ああ」

「いってらっしゃいませ。——ヤーンのご加護を」

「ああ」

べつだん、やはり、グインのようすには、いつもとどこも違ったところは見えぬ。

かるく、おもての戸を叩く音がかれらの耳をうった。

「入れ」

「タイス闘王、グンドどの」

戸が開き、正装に威儀を正した係の騎士が二人、立っていた。

「お時間になりました。闘技場へ」

「ああ。では、いってくるぞ、スイラン」

「いってらっしゃいませ」

ブランは、心臓がつぶれそうに高鳴るのを懸命にこらえながら、おのれの腰に差していた短剣をさやごとさしあげ、ぐっと相手にむかって差し出す、「闘技士の礼」で、グインを送り出した。

「いざ、こちらへ。闘王グンドどの」

騎士たちも、やはり、相当にこの栄誉の役目に興奮しているらしい。

「この役目のものたちが、このようなことを申し上げるのは、規則違反なのでございますが——勝ってタイスに栄冠をもたらして下さるよう……」

「聞かなかったことにしておこう」

グインはかすかに笑った。

「それならば、規則違反にもなるまいからな。おぬしらは、ただ、ひとりごとをいっただけだろう」

「は……」

広い廊下をとおり、そして、いつもの待合室に入る。

もう、頭の上から、壁ごしに、また室の屋根ごしにさえ、何か、圧倒的な《気》のようなものが闘技場にみちみちているのが感じとれた。それはまさしく、待ちに待っていた大観衆の興奮と、そして歓声にして放出することさえも禁じられてしまった、つもりにつもったエネルギーだったのだろう。

グインは、べつだん、それに対しても、何も感じぬかのようであった。送ってきてくれた騎士たちに礼をいい、そのまま、いつもの東の控え室とはなんとなく見た目の違う、西の控え室に入る。うしろで、がちゃりとドアがしまる音が大きく響いた。

(ガンダルはこのような室のなかで、窮屈ではないのかな。それとも控え室までも、特別室を作ってあるのだろうか)

そのようなことを、グインは呑気に考えた。

そして、もうすでに何回も点検していたのだが、もう一回だけ、愛剣をつかもとからきっさきまで、さりげなく確かめた。愛剣といったところで、自分自身の長年愛用しているものではない。この闘技大会に入ってから、グインが武器室で選んだ、数回使っただけの剣というにすぎない。だが、それでも、いまとなってはこの剣だけが、グインがその命運を託すものなのだ。

だが、それでもやはり、グインのようすのなかには、まったく、これからあれほどの伝説的な怪物、神秘につつまれた超人的な英雄相手の歴史的な戦いに臨むのだ、という動揺も、周章狼狽も、むろん興奮さえも、感じられなかった。グインはただ、静かに時の満ちるのを待っていた。
そのとき、入ってきたのと反対側の扉が叩かれ、そして外から開いた。

3

「西方、タイス闘王第一位、グンド！」

ついに、その声が、広々とした、そしてこれ以上詰め込めないくらいいっぱいの観衆にみたされたタイス大闘技場の白砂の上にひびきわたるときがやってきたのだった。

「東方、昨年度水神祭り闘技大会優勝者、大闘王、ルーアンのガンダル！」

その声が、拡声器で闘技場全体に触れられていったその瞬間――

闘技場を埋めたひとびとは、まるで雷にでも打たれたかのように硬直した。

（やってきた――）

（とうとうこの瞬間がやってきたのだ……）

（はじまる――何かが、はじまる……何か、たいへんなことが……）

もう、ひとびとは、グンドの名をも、ガンダルの名をも呼ばぬ。

ただひたすら、心臓が張り裂けんばかりに胸を高鳴らせ、あえぎながら、すべてがはじまり、そして答えが出るのを待っている。

その、圧倒的な静寂のなかを、グインは、静かに門をくぐり、闘技場の白砂の上に踏み出した。

(わああっ……)

声にもならぬ、悲鳴のようなあえぎが、闘技場をいっぱいに埋め尽くした四万もの観衆の胸に満ちた。

正午――タイスの太陽は中天に高い。

そのまぶしい光をあびて、ざっ、とグインのサンダルがすでに何回か踏んだその白砂を踏んだとき、はるか向こう正面の東の門をくぐって、巨大な物体が出現するのが見えた。

(ガンダル)

グインは目を細めて、いよいよ姿をあらわしたその宿敵を見つめた。

が――かすかに苦笑を漂わせて、そのまま白砂の中央にむかって歩み出てゆく。あちらからも、ざっ、ざっとひどく大仰な足音を立てながら、遠くから見てさえ巨大な姿が、こちらにむかってゆらゆらと近づいてくるのが見える。

だが、このまさに対決の瞬間となってさえ、この怪物は、グインの期待していたようにその本当のすがたをあらわしてはいなかった。

さすがにもう、あのとてつもないよろいかぶとはつけてはいない。あれをつけて出てこられては、それこそまともな勝負にはあらゆる意味でならぬだろう。

しかし、ガンダルはまだ、思いきり悪く、おのれの《正体》をつつみ隠そうとしているようすだった。

いまあらわれたガンダルは、これほど巨大なマントがよくあったと思われるほど巨大な、黒いフードつきのマントをすっぽりとかぶり、そして顔のところに、銀色の、奇妙な、クムの祭りの踊りに使う笑い仮面のような仮面をとりつけていた。ざくっ、ざくっ、と白砂を踏む足音がひどく重たく大仰にひびく。ゆっくりと近づいてゆきながら、グインは、ガンダルが、その足に、巨大なブーツをはいているのを見てとった。軽いサンダルをしっかりと足に結びつけているグインと異なり、膝から下をおおいつくす分厚い革のブーツをはき、さらにその底は相当に厚くなっている。もう、さすがに、あらわれたガンダルは、あの鎧かぶとを身につけた、三タール近い巨人でこそなかったが、それでも、それだけ分厚い底のブーツをはき、そしてフードのてっぺんが三角にとがって、マントの裾も巨大な肩から砂の上まで長々とひかれているので、やはりおそろしく巨大だった。

が、その靴の底の分厚さを割り引いても、やはり、もしもこのフードのなかにちゃんと頭がおさまっているのであれば、ガンダルが、この二タールの身長をもつ巨漢のグインよりも、さらに頭ひとつは楽に大きいであろうことは、疑いをいれなかった。これまで、何人かの戦士と戦いながら、つねに、グインは、程度の差こそあれその相手より巨大だったのだが、いまは、はじめて上から見下ろされていた。その靴と、フードつきのマントのおかげで、ガンダルがのしのしと近づいてきたとき、満場の観衆の口から思わずうめくような声がもれた。かれらには、あまりにも、挑戦者としてこのグンドが小柄なようにさえ見えたのだろう。事実、いまそうして白砂の上にはじめて並んで人々の前に姿をあらわすと、グインは、ガンダルよりも半タール以上も背が低く見えた。

（フードと、この靴の上げ底を割り引けば――まあ、俺よりも、十タルスはあるかな。――それだけでも、まさしく、世界最大の男だといえるかもしれぬが……）

あるいははるかなタルーアンや、ノスフェラスの巨人族ラゴンのなかには、これを上回る怪物もいないとはいえないかもしれない。

だが、この、中原の文明の世で見るかぎり、まさしくこの大きさは最大、といっても過言ではないだろう。何よりも、その中原に入って以来、ずっと、自分が小人の国に足を踏み入れたシレノスのように感じ続けてきたグインを、この怪物は上から見下ろしているのだ。

だが、グインは、落ち着きはらっていた。両雄がゆっくりと、白砂のまんなかの小高いマヌの丘に立ったとき、またふたたび、二人の大きさが露骨に比較されたからだろう、どっとどよめきがおこり、だがそれはまた、圧されたようにたちまち消えてしまった。

型どおりの宣誓がおこなわれるあいだ、ガンダルはおそろしく静かにしていた。何の挑発もおこなおうとはしなかったし、フードの顔のところにつけた銀色の仮面の奥から、あやしく光る赤い目が、じっとグインを見据えていたが、ガンダルは何も云おうとはしなかった。むろん、グインも何も余分なことばは発しなかった。

宣誓はこの大会では、タイス伯爵ではなく、タリク大公に捧げられ——タリク大公がロイヤル・ボックスにいるときに限られたが——そして、慈悲の祈願もタリク大公にむかってなされた。大公もまた、この場内をすでに飲み込んでいる緊張の極致にたやすくとらえられているようすであった。審判がおりてきて、二人の闘技士を所定の位置につかせるよう誘導したが、この審判こそ、二人の巨人の前でまるきり小人のように見えた。

ふしぎなことに、ガンダルは、これまで、宴席でも、また先日の決勝戦でも、あれほどにグインを挑発し、あざけるような言辞を弄しておきながら、ついにやってきたこの日には何ひとつことばを発しようとはしなかった。ただ、ひたすらその赤い目でグインを見つめていた。

審判が、ガンダルに、規定によりそのマントと仮面とをとるようにと指示すると、ガンダルはうっそりと会釈した。そして、まず銀色の仮面に手をかけた。

観衆たちははっと息を詰めた。次の瞬間、ガンダルは、仮面をひきはがして、はるか遠くの白砂の上におどろくべき筋力をみせてぽんと放っていた。急いで係員がそれをとりにいって、あわてふためいてひきさがる。グインは、ついにあらわれたガンダルの顔をじっと見つめた。

それは、べつだん、きわめて巨大で、そしてまた、相当に魁偉であったほかは、特にうわさされているほどにすさまじい怪物的な醜貌であるということもなければ、縫い目だらけでふた目とみられぬ、髑髏そのもののような顔だ、ということもなかった。ただ、グインをひどくはっとさせたことがひとつだけあった——続けて黒いフードをうしろにはね、首のところでひもで縛っていたマントを、ひもをほどいて取り去り、そしてそのマントをもふわりと投げ捨てたガンダルは、グインがはっとひるんだほどに、明瞭に、老齢であったのだ。

こんなにも、老人だったのか——その思いが、グインをたじろがせた。フードの下からあらわれたガンダルの巨大な頭は、髪の毛がほとんどなくなっていた。そして、その魁偉な顔はふかい皺と、そして長年のおそらくぶきみな不健康な食習慣かなにかのせいであるのか、いたるところに醜いしみやあばたがついていて、その意味では確かに怪物じみていた。ガンダルは、グインが想像していたより、十歳——いや、二十歳以上は、年をとっているようであった。

だが、たくましい。マントを投げ捨てたその下から白日のもとにあらわれたその肉体は、まさに申し分のないほど、鍛え抜かれた闘士の肉体であることは疑いは容れなかった。というよりも、よくぞ、この老齢で、ここまで鍛え続けていられるものだ、と思うほどに、みごとに筋肉がつき、分厚い肩と胸、そしてどこもたるんでおらぬ胴に、ぴったりとした絹の伸縮する生地の上着をつけて、その上から漆黒のなめし革のサッシュと剣帯と、黒い足通しとをつけていた。

明らかに、からだを露出することを、ガンダルは好まなかったのだ。おそらくはそれは、その顔同様、肌があらわになれば、いっそうその老齢が明らかになってしまうからでもあったのだろう。遠くから見れば、おそらく、たとえもっとも近い貴賓席からでも、こうして長袖のぴったりとした上着を着て、その上から剣帯をつけたガンダルは、そのような老残のすがたには見えなかった。動きは若々しく力にあふれていたし、そのからだが、まったく、その老齢の影響を受けていないのは明らかであった。少なくとも、その老齢の影響と、おどろくほど果敢にガンダルはたたかっていた。だが、顔だけはどうすることもできなかった。

ガンダルの赤い目が、おちくぼんだ眼窩のなかで、射るようにグインの艶やかなはりつめたむきだしの上体の肌と、そしてふしぎな豹頭との鮮やかなコントラストを見つめた。その口から、一度だけ、奇妙な感慨、ともいうべき声がもれた——グイン以外のものにはまったく聞こえなかっただろう。

「お前は若い。ついにこの日がやってきた——ついに、俺よりもこれほど若く、そして力にあふれた挑戦者の前に、この本当のすがたをさらす日が。だが、きくがいい。俺は負けぬ。俺はクムのガンダル——俺はクムの英雄ガンダルだ！」

グインはなにも答えず、剣をとりなおした。満場の観衆がさっと息を詰めるそのなかで、グインは何も考えることなく、堂々と青眼にかまえた。ガンダルの皺深い口元にかすかな、奇妙な微笑に似たものがのぼってきた。

「その意気だ、小僧」

ガンダルが、ささやくように云った。確かにその声は、あのかぶとの下からきこえていた、ある種異様なしわがれ声であったが、いまはもう、かぶとにさまたげられていない分、ひびわれたようなその声はくっきりと聞こえた。

ガンダルはもう、芝居がかった言動もしようとせず、また、いたずらに挑発しようともしなかった。それらはすべて、おそらくきわめて計算された、《おのれ自身の伝説》を守るための芝居であったのだ、とグインは理解した。だが、いま、ガンダルが守ろうとしているものはもう、伝説ではなかった。それは、彼の栄光であり、そして彼の輝かしい不敗の記録であった。

「さあ、来い。このときを待っていたぞ——お前ならば、俺の相手とするにふさわしい。お前にならば、よし敗れたとしてさえ、恥にはならぬ。だが、俺は負けぬ——俺は負けるわけにはゆかぬのだ。さあ、来い、豹頭王グイン！」

「何だと――?」

はっと、グィンは、われとわが耳を疑った。

が、次の刹那、いきなり、彼はもうガンダルの恐しい太刀風にあおられるようにとびのいていた。いきなり、戦いははじまっていた。

「おおーッ!」

すさまじい剣勢だった。これほどにすさまじい剣の一撃は経験したこともないというほどの勢いで、普通よりも巨大な大平剣がまっこうからグィンを襲ってきた。もしもグインがこれほどの反射神経をそなえているのでなかったら、そもそもこの一撃ですでにいのちを落としていただろう。

だが、ガンダルの思いがけぬことばに一瞬気を呑まれはしても、グィンには油断はなかった。素早く、グィンはその一撃を受け流した――あえて大きくよけようとはしなかった。大きな動作をしたら、そのために体の動きも遅くなり、また、大きくなって、おそらく続けざまにくるであろう第二撃に狙われやすくなる。グィンは全身の筋肉を引き締めて、上体をそらし、頭を下げて紙一重のぎりぎりでガンダルの剣をやりすごした。

その剣のきっさきがグィンの頭をかすめ、黄色と黒の毛先が短く切り取られてぱらぱらと飛び散った。

「エヤーッ!」

ガンダルが気合いもろとも、予想されたとおり素早く剣をかえしてそのまま切り返してきた。あれだけの剣勢であったら、遠心力も相当なものであっただろうが、それを思いきり切り返す腕力にグインは驚嘆した。確かにこれはまれにみる剣士であり、闘技士であった。

第二撃もグインはうしろに小さく身をそらしてよけた。そのままあらためて飛びすさって体勢を立て直し、剣を右ななめ下にかまえた。ガンダルの赤い目が落ち窪んだ眼窩のなかで燃え上がった。

「よくよけた、小僧!」

ガンダルは吠えた。

「褒めてやるぞ。俺のあの一撃をかわせたというだけで、きさまは俺が本気になる資格がある」

「お褒めにあずかって恐縮」

グインは落ち着いてことばをかえした。その間にも、足はじわじわと砂地を這い、横ばいに位置を少しづつかえている。ガンダルはちょっと息をついてこれも体勢をととのえた。

もう、満場の大観衆は、それこそ息をすることさえ忘れている。これほどの大観衆がいるとは思えぬくらい、闘技場のなかは極端にしずまりかえり、すべてのものが、狂ったように試合のなりゆきに集中している。上空で、突然場違いなほどにさわやかな風がさやさやと吹きすぎる。

「こんどはきさまから来い。きさまの太刀筋を見てやる。グンド」

ガンダルが云った。グインは目を細めた。

さきほど、確かに、ガンダルは「豹頭王グイン」と呼んだ。二日前、アシュロンとの戦いに勝利したグインの前に飛び降りてきたガンダルは、グインに、「豹頭王だという うわさがとんでいるが、それが本当か、否か、誓言せよ」と迫った。そしてグインは「そうではない」と誓ったのだった。

だが、さきほどはガンダルは、そのグインの誓言など、まったく何も信じておらなかったかのように、「グイン」と呼びかけた。だが、いまはまた、「グンド」と呼んでいる。観衆をはばかったのだろうか、と思った。だが、そのようなことを、かんぐっているいとまもなかった。

ガンダルが、はっきりと誘いの隙を見せるかのように大剣を下げた。ガンダルの剣は通常の大平剣よりさらに分厚く、重たく、そして鈍色《にびいろ》に輝いていた。いかにも、何年にもわたって、たくさんの闘技士たちの血を吸ってきた、この不敗の怪物の愛用の名剣、というのにふさわしかった。

グインは息をととのえた。そのまま、気合いを整え、ガンダルのまわりを、剣を斜め右下に短めにかまえたままじわじわとまわりだした。ガンダルが、そのグインの敏捷な動きにしたがって向きをかえてゆく。グインはまるであのマーロールの鞭にでもなったかのように、素早い小刻みな動きですり足でガンダルのまわりをつけ回しに回った。

（いつ、襲ってくるか）

ガンダルもそれは充分に心得ている。そのグインの動きに呼応してからだの向きを少しづつかえながら、油断なくグインの動きに燃える目を注いでいる。その顔は、限りなく年老いているようにさえ見え、そして、無数の皺だけでなく、何回ものたたかいで受けたのだろう古傷が白くいくつも走っていた。額にも、頬にも、鼻がしらにさえ、白い傷あとがあった。それが、この伝説の老戦士の輝かしい戦歴をまざまざと思わせた。たくましい腕にも分厚い肩にも、おそらくは脱げば無数の傷あとが走っているのだろう。

「エエーイッ！」

グインは、頃やよし――とみた。

烈帛の気合いをこめ、一気にそのつかのまの均衡を破った。大平剣を下から切り上げざま、グインはガンダルに殺到した。

ガンダルは充分に予期していた。素早くそのグインの鋭い剣先を、ガンダルはこれも斜め下から切り上げるようにして受け止めた。がちっと瞬間すさまじい音がして、二つの大平剣から火花が散り、そして二人が同時に飛び離れた。ガンダルはうしろへ、だがグインは横とびに飛び離れざま、たてつづけに今度は上から斬りかかった。得たりとガンダルが今度は剣を横にあげ、両手で支えて受け止める。そのまま、二人は動きをとめた。意図して止めたわけではなかった。力が伯仲して、瞬間、動けなくなったのだ。

「いい剣筋だな、小僧」

ガンダルが、巨大な両手で、柄と剣先をしっかりとつかんでグインの剣を真上から受け止めたまま、にっと笑った。汚い乱杭歯がまばらにはえた口もとがゆるんだ。

「帝王の剣だ。風格がある。気に入ったぞ、さすがだ」

「またまた恐縮至極」

グインはトパーズ色の目をきらめかせた。

「そちらもさすがは伝説の剣士ガンダルどの」

「わかるか。俺の力が」

ガンダルがまたにっと笑った。

「俺の剣が。——俺はありとあらゆるさまざまな風説、伝説、中傷にたえて剣士として生き抜いてきた。その俺の《本当》が、わかるか。お前にならわかる」

「わかる」

グインは莞爾として答えた。

「そこもとは怪物ではない。本当に歴史的に強い素晴しい剣士だということが。そこもと対戦できたことは、俺の一生の最大の誇りのひとつになるだろう」

「おぬしにそう云ってもらえれば、俺にも思い残すことはない。だが」

いきなりガンダルは剣を引いた。グインはよろめきかけて体勢をすばやく立て直す。そこへガンダルがいなずまのように剣をひらめかせてくる。グインはとっさに剣をたてにして受け止め、また振り払った。

「だが俺は勝つ。俺は勝たねばならぬ宿命を負っている」

ガンダルは嵐のような勢いで続けざまにグインに斬りかかってきた。二撃、三撃、四撃、と攻撃が続く。グインはそれを右に左に受け流し、飛び上がって足元をなぎ払う一撃をよけた。

「なぜか、わかるか」

「いや。わからぬ」

ガンダルは、グインに話しかけながら攻撃しつつも、呼吸もそれほど乱れもせぬ。よほど、鍛えてあるのだろう。この年齢と考えれば、それはまことに驚くべきものがあった。

「それは、俺が、クムのガンダルだからだ。伝説の名剣士、世界最強の男。史上最強の剣闘士、最強の怪物。——俺はその名前と、その名誉とともに生きてきた。それを虚名と思うこともあった。それを重荷に感じることもあった。だがどのような思いよりも俺をつねにとらえていたのは、それが《まことでなければならぬ》という——誇りだった」

「わかる」

グインはしばらく、ガンダルに攻めさせておくことにした。ガンダルのほうが老齢だ。いかに鍛えてはあっても、体力的な限界はおのれよりは早くくるか、という読みがあった。ガンダルがそれを読み切ったようにせせら笑った。傷としわにつつまれた魁偉な顔が嘲るようにゆがんだ。

「つまらぬ小細工なら、しても無駄だぞ、グンド。俺はたとえ、年老いていても、どれほど年老いてみえても、お前より体力が先につきるなどということはない。俺はただ、この五十年以上のあいだ、ただひたすらからだを鍛え、闘技士としてのすべての能力を磨きに磨いて生きてきたのだ。よかれということはすべてして、悪かろうということは何ひとつせずに」

確かにガンダルのステップはその巨体にもかかわらずしなやかでかろやかだった。グインの巨体もまた、その巨体とはとうてい思えぬ筋肉のしなやかさと柔らかさを誇っている。だが、ガンダルの動きをみれば、ガンダルもまた、このグインにさえまさる巨体にもかかわらず、おそるべき筋力と体力とを保持していることがはっきりとわかる。ガンダルはなおもビュッ、ビュッと剣を繰り出してきた。切尖はきわめて鋭かったが、それが、どちらかといえば間をとるための、致命的な結果をもたらすことをまったく予想せぬ攻撃、受け流されるのを予期した攻撃であることがグインにはわかった。ガンダルは、おそらく、思いのたけをグインに伝えたいのだった。グインは、そのガンダルの攻撃をすばやくカン、カン、とするどい金属の音をたてて受け止めつつ、適当に間をとってはそのガンダルの攻撃をやりすごした。

「俺の伝説をいやというほど聞かされたろう、グンド。赤ん坊の肉をくらう——女とまじわらぬ——これはまことだがな。若い戦士としかまじわらぬ——生きながら敵の生首を引き抜いた——怒り出すとその場のものを皆殺しにしてしまった、などなどとな。下らぬばかげた伝説を山ほど。あれはみな、下らぬ作り話だ。だが、なかには、俺が自ら流したのもある。なぜかわかるか」

「いや」

「俺は伝説のかげに隠れていようと思った」

かろやかにグインを追いつめ、剣を繰り出し続けながら、ガンダルは云った。

「俺は下らぬ道化芝居の奥に、まことのおのれを隠して生きてきた。まことのおのれは闘技場で強敵をあいてに発露すればよい。あとは、日頃の日常生活などは、知られなければ知られぬほど、誤解されれば誤解されているほどよい。俺はそう思って生きてきたのだよ、グンド」

「……」

「ちなみに、俺はどれだけしゃべっても、どれだけこうして剣をふりまわしていても、このままの状態でまる一日は動き続けられるよう、おのれを鍛えている。いまなお毎朝巨大な鉄アレィを持ち上げ、走り、鍛え、筋肉の訓練をし、持久力をつけ、おのれのさだめた生肉と卵と乳と野菜の食事しかせぬ。赤ん坊などくらうわけがない——そのような下らぬことなど……だが、そういうものがもっとも俺の評判を高め、俺を下らぬやからの下らぬ挑戦から守ってくれるのに役立った。俺は、伝説のかげに隠れてひたすらおのれを鍛え続けてきた。たった一人でな」

喋りながら、ガンダルは、なおも激しく剣を繰り出してくる。はた目からみれば、ガンダルとグンドは一刻の休みもなく激しく猛烈に切り結んでいるようにしか見えぬだろう。だが、グインには、最初にガンダルの渾身の一撃を受け止めていたゆえに、ガンダルがいまは、ほとんど一割の本気も出しておらぬのだ、ということがよくわかった。こうして剣を繰り出し、それを払いのけられ続けながら、話し続けているのは、ガンダルにとっては、それこそ、サロンで優雅に踊りながら話しているのにひとしいのだ。

（これは……）

だが、それをみているうちに、グインの胸のなかに、しだいに奇妙な感嘆と、そして一種感動に似たものさえも、ひたひたと盛り上がってくるのをグインは感じていた。

4

（これは――大変な剣士だ。――つまらぬ伝説の怪物などではない……下らぬ風評で怪物的に見せかけられてはいるが、これは――不世出の天才的な剣士であり……その恵まれた体と素質とを一生かけて磨いてきた――これは――剣聖……かもしれぬ……）

「俺が語っていることばなど、この大観衆には何ひとつ聞こえぬ。そしてこれまで、俺が語りかけ、俺のまことをあかした相手はひとりとして、そののち――それを誰にも告げることはなかった。すべて、俺がこの手で葬り去ったからだ。そこまでゆくまでもないとわかった下らぬ相手には、俺はおのれの力のごくごく一部だけを使ってその相手をあっさりとしりぞけ、傷つけもしないこともできた。だが、俺は……長い、長い、そのおのれひとりを相手にした真の戦いに疲れ、倦んでいたのかもしれぬ」

「……………」

「俺は――俺の伝説の幕引きをしてくれる相手を求めていたのだと思う。だが、ここまで強くなってしまえば、ただ――戦い続け、そして勝ち続けるしかない。……そして俺はもう、限りなく年老いた。俺は、恐しく年老いているのだよ、グンド」

「ああ」

「それでも、俺は戦い続けるしかなかった。ありとあらゆる努力と鍛錬とで磨きあげたこのわざと体力とは、半端な挑戦者など受付けもせぬ。——俺は、戦い続け、そして、戦い続けながら、この戦いを終わりにしてくれる相手をずっと待ち続けた。——そして」

ガンダルが、ぐいと剣を引き、いったんとまって、呼吸をととのえた。

はっと、グインは息をとめた。

（来る——！）

また、あの、驚嘆すべき超人的な全力の一撃が来ようとしている。

グインは全身の筋肉をひきしめた。おのれも、足場をたて直し、ガンダルのすさまじい突撃にそなえた。

「そして、俺は見つけた。——それが、お前だ！　グイン！」

ガンダルが吠えた。

刹那、ガンダルのからだが、それまでの敏捷な優雅とさえいっていい動きとさえ比べ物にならぬほどの速さとすさまじい勢いをもって、下から地を這うようにしてグインにむかってきた！

「おおーっ！」

グインは咄嗟に飛びあがって下からの攻撃をよけようとした――だが、その瞬間、
《何か》がいきなりグインをおしとどめた！

グインは、飛び上がるかわりに、やにわに、まうしろにいさぎよく身を投げ出し、白砂の上にころがった！

「ウオーッ！」

ガンダルの悽愴な気合いがほとばしり、白砂が舞い上がった。

グインを、ガンダルの大剣に真っ二つにされることから救ったのは、ただひたすら、そのおそるべき直感と咄嗟の判断と、そしてそれを可能にした驚くべき運動神経だった。ガンダルは、下から地摺りのかたちに剣を切り上げる、と見せかけて、おそるべき速さで、切り上げた剣をそのまま上にまきあげ、上から切り下ろしてきたのだ。もしも、グインが予測どおり上に飛んでいたら、グイン自身の上に飛ぶ勢いとあいまって、グインはまさに、ガンダルの大剣で、頭からまっぷたつにされていたに違いない。グインは数回ころがって、すばやく立ち上がった。ガンダルもこの攻撃にありったけの力をこめていた。切り下ろした剣はぐさりと闘技場の白砂にふかぶかと突き刺さっていた。それを引き抜こうと、一瞬ガンダルが唸って全身に力をこめる。あまりの力で切り込まれて、剣は動きもとれぬほどふかぶかと刺さってしまったのだ。その刹那に、グインが殺到し

た。

「ウオオッ!」

剣はまだ抜けなかった。ガンダルはやにわに、片足をあげ、ブーツでグインの剣を受けた。蹴られて、剣を折られまいとすばやくグインが飛びすさるすきに、ガンダルはようやく剣を引き抜いた。白砂が飛び散る。

「よく、よけた」

ガンダルが大きく笑った。今度の笑いは莞爾としていた。

「見事だぞ、豹頭王。それでこそ」

「俺は豹頭王ではない」

グインは叫んだ。ガンダルの声が届く範囲の観衆をおもんばかっていたのだ。

「俺はタイスの闘王グンド、ただの闘王にすぎぬ」

「そうだったな」

ガンダルが笑った。

「そういうことにしておこう。ではグンド、これが最後だ!」

云わせも果てず――

ガンダルはこんどは、剣を体側に隠すようにかまえたまま、すさまじい勢いで砂を蹴立てて駈け寄ってきた。試練につぐ試練に、グインはふたたび剣を握り締めて待ちかまえる。刹那、ガンダルの剣がこんどはヘビのように、今度こそ地を這って下から襲いかかってきた。ガンダルのからだが深々と沈み、そしてガンダルのからだに沿うようにして、すさまじい突きが飛びだしてきた。

グインはそれを受け止めなかった。そのかわりに、またしても白砂の上に身を投げ出してよけ、そのまま、ごろごろとガンダルめがけて転がった。ガンダルがすばやく飛び退く。そのまま上から剣を突き刺してくる。それをよけながら、グインはからだを回転させてはねおき、これも下から鋭くガンダルの足元を切り上げてゆく。ガンダルがおめきながらその剣を剣を下にむけて受け止めた。

「俺の必殺剣を三つまでかわしたな」

ガンダルが飛びすさった。

「ここまで、俺と対等に切り結んだ相手は過去三十年のすべての闘技会で、ただのひとりとしておらなんだ。素晴しいぞ――素晴しいぞ、豹頭王ではないグンド」

からかおうとしているのだろうか――グインは目を細めて、相手の顔を見つめた。

もはや、ガンダルが、おのれの戦っている相手がケイロニアの豹頭王グインである、と確信していることは、疑うわけにはゆかなかった。グインのそうではない、という誓言はまったくガンダルは信じようともしなかったのか、それともそののちに剣をまじえてみて、やはり、そうでないわけはない、という確証をつかんだのか。

(だとすれば——これほどの剣聖にすまぬが、生きていてもらうわけにはゆかぬ。俺は——たとえどれほどぼろぼろにぼろの出てしまった道化芝居であっても、まだ——この仮面をなんとかしてかぶりつづけぬわけにはゆかぬのだ)

一瞬——

グインに、珍しい心の乱れ——あるいは迷いがあった。

その、一瞬のすきをガンダルはすばやくついた。

「だが、これまでだ。死ね！」

叫びもろとも、ガンダルが殺到した。上から切り下ろされた剣を、グインははっとなって受け止めた。おそるべき反射神経をもつ彼だ。一瞬のすきをつかれても、防御に遅滞はなかったが、万全を期して受け止めたのとは、刀の角度が微妙にずれていたのだろう。

はっと、満場の大観衆が、思わず恐怖の絶叫をあげた瞬間、グインの大平剣は、もののみごとに、ガンダルの剣に切り飛ばされたかのようにふたつに折れて飛んでいた。そのまま、ガンダルが容赦なく追いつめてきた。グインはとっさに、折れた剣の残りの半分だけで受け止めたが、それだけではガンダルの猛攻を完全に受け止めるわけにはゆかなかった。そのまま、グインはまた、飛びすさってかろうじてガンダルの攻撃をよけた。

「油断だったな」

ガンダルが嘲った。

「惜しいな。お前ならあるいは——と思ったのだが、ここまでか。情けはかけぬ。お前は俺に夢を見せてくれた——その夢の分、代価は支払わねばならぬ——楽に死なせてやる」

「くそ……」

グインは追いつめられたことを悟った。

半分に折れた剣で戦える相手ではなかった。これほどの激しい応酬にも、どちらもまだ、息もあがっておらぬ。鋭く短い呼吸を吐きながら、ガンダルはまったく最初とかわらぬ速度で、大股にグインを追いつめてくる。グインは、とりあえず、半分に折れた剣をつかんだまま、逃げ出した。逃げた、といってもそれほど大きく飛び退いたわけではなかった。ただ、ガンダルの剣の届く範囲より少し遠ざかって、そして半分になった剣を胸の前にあげ、まだ戦うつもりだ、という姿勢を示して構えたのだ。

「健気だな」

ガンダルが云った。

「勇気もある。落ち着いている——ここまできてもまだ落ち着いている。天晴れな闘士ぶりだ。殺すには惜しい」

ああっ——

満場の大観衆が、我知らず、声にもならぬ悲鳴をもらす。

誰の目にも、これまでよくガンダルを受け止めてきた若いグンドが、ついに絶体絶命に追いつめられた、と見えた。グインの、半分に折れた剣を構えた姿勢はさいごの絶望的なあがきともみえ、また事実そうに違いなかった。

「グンド——!」

大声を出すことさえも相変わらずはばかられて、誰かが、しぼるような呻き声をもらした。それは祈りに似ていた。いや、祈りそのものであったに違いない。

誰もが、いまや、おのれが、信じがたいまでに歴史的な——語の真の意味で歴史に残る大試合に立ち合っているのだ、ということを確信していた——いや、すでに、知り尽くしていた。たとえこのたたかいがどのような結果になるとしても、それは、自分にとって、一生の語りぐさになるだろう、ということを、誰もが理解していたのだ。

大公も、伯爵も、一介の観光客もなかった。誰もが、息をすることさえ忘れて、もはやどちらを応援するという思いさえも忘れはてて、ひたすら茫然と石になったようにことのなりゆきに魂を奪われていた。

空は高く、青い。——その、美しいタイスの青空のもとで、年老いた、伝説の怪物的な剣闘士が、吠えた。

「行くぞ。グイン!　さらばだ!」

「………」

さすがに、グインにも、俺はグインではない――と言い返すゆとりもなかった。

ただ、頼みとするは、おのれのなかにひそむ天性の素晴しいあのふしぎな感覚――これまで、いくたびとなくかれをそうと知らず救ったおどろくべき天才的な直感と、そしてただ、半分に折れて飛んでしまった先端のない剣のみ。

「永久に覚えておいてやる。きさまは素晴しい剣士だった。俺は貴様が俺の最後の相手だったことを、誇りに思うぞ！」

ガンダルが絶叫した。同時に、その剣が胸もとにしっかりと構えられた。ガンダルは、胸もとに愛剣をひきつけたまま、グインめがけて死力をふりしぼって殺到した！

「あ――あ――あああああっ！」

覚えず――

息をすることさえ忘れはてていた満場の大観衆の口から、恐怖の悲鳴が洩れた！

ガンダルのとどめの猛攻撃は、そのすがたさえ目にもとまらぬほどのすさまじい勢いとなった。あれだけの戦いをくりひろげてから、まだこれほどの力を残していたのか、と仰天するほどのすさまじさで、ガンダルの巨体がグインめがけて突進した。砂煙が舞い上がり、グインはそのガンダルの突進を正面に見据えたまま、まるでまったくの無策のように、すでにすべてを諦めてさえしまったかのように、両足をふんばって、すっくと立ったまま、その突撃を受け止めていた！

「あああッ――」

「グンド――」

思わず、ぎゅっと目をつぶってしまった気の弱いものも大勢いた。

だが、たとえ、穴のあくほど見つめていたとしてさえ、あまりにも早く、いなずまのように交錯したその動きをすべて見てとることのできたものは、職業的に訓練された剣闘士にさえ、いなかったにちがいない。

それほど二人の動きは超人的に早かったのだ。

「ガーッ！」

すさまじい絶叫がどちらかの口からほとばしった。砂煙が舞い上がり、そして、ガンダルの巨軀がグインにむかって突き当たってゆき――

ふいに、すべての時の流れが止まったかとさえ思われた。

時の流れは無意味なものとなり、かの時神アーロスさえもその役目を忘れはててこの驚くべきたたかい、かの伝説のシレノスとバルバスとの戦いかとさえ疑われる超人的な戦いに見とれきっているのか、とさえ思われたのだ。

限りなく永遠に近い一瞬が終わり――

砂煙が、ようやくおさまったとき。

ふいに、大観衆は、奇妙な驚愕と恐慌と恐怖とにとらわれながら、砂塵のおさまった大闘技場の中央——《マヌの丘》を見つめていた。

「あ——あ……あ……」

「どう——なったんだ——どっちが……どう……」

かすかな、かすれた、声にならぬ声がひとびとの口からもれる。

グインと、ガンダルとの、位置は完全に入れ替わっていた。

いや、《マヌの丘》をまんなかに対峙し、そしてガンダルが殺到していったはずの二人の戦士は、いまや、完全に背中合わせになって立っていた。グインはガンダルに背をむけ、そして、ガンダルは、グインに背をむけて、剣を正面にかまえたまま。

が——

グインの手に、剣はなかった。

「血だ……」

誰か気の弱いものが、ついにたまりかねたように、恐怖の叫び声をほとばしらせた。

グインの左肩から、鮮血が、かなり大量にほとばしっている。

それは、短いマントの端をつたい、ポタリ、ポタリと、闘技場の白砂の上に滴り落ちてゆく。

やはり、ガンダルの勝利だ——そう、すべての者が信じた。

かすかな失望の吐息が、大闘技場に流れた。そのなかで、グインは、左肩をおさえ、激痛に歯を食いしばって、両足をふんばって立ったまま、ポタリ、ポタリと闘技場の白砂の上におのれの血を滴らせていた。それでは、俺の血もやはり赤いのだな――という奇妙な感慨に胸を浸したまま。

だが――

「あ――あっ……」

「あ――」

「ガンダルが……」

ガンダルは、動かない。

上体をいくぶん曲げ、愛剣をしっかりと握りしめたまま、立ちつくしている。

その口から、ふいに、かすかな声がもれた。

「グイン――おのれ……」

「ああぁッ……」

はじめて、気付いた誰かが、恐怖の叫びとともに、ガンダルを指さした。

「あれ――は――!」

ガンダルの左の横腹に、奇妙なものが生えている。

それは、グインの、半分に折れた剣の柄だった。

もともとその柄が、ガンダルの横腹から生えていたのだ、とでもいうかのように、それは深々と、ガンダルの剣帯を切り裂き、ガンダルの胴体に切り込まれていた。

「あ――」

「うわああ……」

悲鳴と絶叫が爆発する直前の、あえぐようなかすかな吐息が、人々の口からもれていた。

「あれ――あれは……」

「ガ――」

ガンダルが、かすかに、からだを動かそうとした。

そのせつな、いきなり、ガンダルの口から、夥しい血があふれて、白砂の上にこぼれ落ちた!

「ガアッ!」

ガンダルの膝ががくりと折れた。

どう、とガンダルの巨体が、何回かの段階になって、ゆるやかに白砂の上に倒れこんでゆくさまを、大闘技場を埋めた四万の人びとは、ただ茫然と見つめた。まだ、爆発することさえ、出来なかった。かれらは信じがたいものを見ていたのだ。

(ま――さか……)

（まさかガンダルが……）

（ありえない……ガンダルが――敗れるなど……）

（不敗の――クムの英雄……ガンダルが……）

その人々の恐慌に凍り付いた沈黙のなかで、ついに、ゆっくりと、おそろしく時間をかけて倒れていったガンダルの巨体は、どうとばかりに、白砂の上に倒れ込んだ。

とたんに、どっと、脇腹から、血が流れ出はじめた。

「あああああ……」

誰かのかすかな悲鳴が、いきなり、騒擾《そうじょう》に火をつけたかのようであった。

「あああああ！」

「あああ！」

「ガンダル――ガンダルが――！」

「大変だ。ガンダルが――」

「不敗のガンダルが敗れた！」

「まさか、そんな――まさか、そんな！」

「グンドが――グンドが大闘王だ……」

「そんなばかな。そんな――ばかな！」

ふいに大闘技場は爆発した。

それまでの恐慌と恐怖にとらわれた静寂と沈黙の分までも、いちどきに押さえつけられていたエネルギーをほとばしらせたかのように、群衆はありったけの声で叫びはじめていた。すべてのものたちが、ありったけの声で叫んでいた。わけのわからぬ絶叫が闘技場を包んだ。

闘技場の外で、勝負のなりゆきや如何と固唾を呑んでいたものたちにも、あまりにもはっきりと、何か信じがたいほど重大な事件がおこったことを明らかにする、それはすさまじい怒号であった。だが、誰も、そのなかの絶叫をひとつひとつ聞き分けられるものはいなかっただろう。それは、うおーん、と、まるでタイス全体が地鳴りを起こしているかのようにひとつになって、大闘技場をゆるがしていた。

そのなかで、グインは、もはや何ひとつ剣ももたぬ、素手のまま、傷ついた左肩をおさえ、のろのろと向き直った。

もしもいま、ガンダルが起きあがってくれれば、もう、いたでを受けたおのれが、それにあらがうことは出来ぬだろう、ということを、グインは知っていた。これ以上、戦うことは出来なかった——さすがにガンダルの死力をつくした攻撃の威力はすさまじかった。グインの肩は深々と切り込まれ、押さえていなければ切り離されてしまうか、と思うほどの激痛に襲われていたのだ。

だが、すさまじい激痛を、ありったけの力でこらえながら、グインは、ガンダルに向き直った。まだ、ガンダルが、これで参ったとは、グインは思っていなかったのだ。のろのろと――限りなくのろのろと、ガンダルもまた、突っ伏したままではいなかった。

グインは、ガンダルは身を起こそうとしていた。

隙をついて折れた剣先でガンダルのすさまじい突撃をあえておのれの左半身で受け止めつつ、その隙をついて折れた剣先でガンダルの胴をなぎ、切り込んだのだった。

ボタボタと鮮血が、グインの肩からも、ガンダルの胴からも、したたりおち、白砂の上に鮮血の池を作っている。ことにガンダルのからだの下からは、すでに、あふれ出た血が流れ出して小さな川となっていた。

「ガンダル……」

グインはかすかに喘いだ。

怒号しつづけている闘技場の観客席と、まるでまだ時がとまったまま、真空になってしまったかのような、白砂の上とでは、まったく異なる時間が流れてでもいるかのようだった。グインも、ガンダルの動きも、おそろしくのろのろとしており、とうてい、さきほどまであのすさまじさ、あの速度で打ち合い、戦っていたものたちとも思われなかった。

「ガンダル……大丈夫か……」

グインは、落ちてとれてしまいそうな左肩をしっかりとおさえつけたまま、いまにも失神しそうな激痛をこらえて、ガンダルに少しづつ近づこうとした。もっともまだ、反撃に対して油断はしていなかった。ガンダルの手はまだ、しっかりとその愛剣を握りしめているのだ。

「やったな——豹頭王グイン……やってくれたな……」

ガンダルの口からも、ようやく、むせぶような声が漏れた。

同時に、ごふっ、と鮮血が、またガンダルの口から流れ出る。

「口をきくな……すぐに、手当を……」

「お前は……肩か。そうか……まさしく、肉を……まさしく肉を切らせて、骨を……断ったか、そうは……いうものの……めったに、本当には……そのとおり、おのれの肉を——切らせられるやつがいるものではない——さすがだ……グイン。さすがだ」

ガンダルが低く呻いた。そして、剣を杖に、身をおこそうとするかに見えた。

「動くな、ガンダル。動くと、出血がひどくなる……」

「豹頭王なのだろう。——そうだと云ってくれ。誰にも云わぬ——もう、云う相手は、たぶん俺にはおらぬ」

ガンダルが喘いだ。その年老いた顔は、急速に、血の気を失いかけていた。

「ケイロニアの豹頭王グイン。そうなのだろう——なぜ、お前がここにいて……タイスの闘王などという……ざれごとに身をやつしているのかは知らぬ。だが、お前はグインだ——そうでなくば、俺は……俺は浮かばれぬ。お前がグインなら……俺の一生も……俺の一生も、そのかいはあったという……ものかも……知れぬ……」

「……」

「これほどの……これほどの戦士でありながら——それを生涯……クムに生まれたばかりに、愚かな群衆の遊びごとに……闘技場での遊戯にしか使えなかった——俺は、ずっと思っていた……」

ガンダルの口から、また血が吹きだした。

「クムでさえなくば……俺はたぶん大将軍、大帝王にも……なれた筈——だが、俺は……物心ついたときにはもう……闘技士だった。この図体で……闘技士として生きるしかなかった。——クムに背いて……もっと武が真剣にしか扱われぬ国にゆくことも……出来なかった」

「ガンダル。口をきくな。血が」

「いつも——くやんでいた。だからこそ……世界——最強でありたかった。何があろうと、たとえどのような……真剣勝負の戦場でも、どこでも……負けぬ——と——俺は、不世出の戦士だ。そのはずだ——俺は……一生をたたかいつづけてきた——この闘技場の砂の上で……」

「……」

「くちおしい。――もっと……早くにお前に出会っておれば……俺は、すべてを捨てて……違うたたかいのなかに……云ってくれ。お願いだ……さいごにお前の口から聞きたい」

ガンダルは肩で浅く息をしていた。深々と剣が柄まで埋まった脇腹から、またしてもごぼっと大量の血が流れ出る。

「云ってくれ。お前は……ケイロニアの豹頭王グイン。――そうだな?」

グインは、迷った。

それから、心を決めた。グインは、ガンダルのかたわらに、左肩をありったけの力でおさえたまま、膝をついた。怒号している大観衆には聞こえるはずもない。

「そうだ」

グインは低く云った。

「俺はケイロニアの豹頭王グイン。そう聞いて、満足して死ねるか。ガンダル」

あとがき

こんにちは、栗本薫です。お待たせいたしました。「グイン・サーガ」第百十六巻「闘鬼」をお届けいたします。

実のところこのタイトルにはかなり迷ったのですよねえ。なんたって第百十二巻が「闘王」で、それからまだ四巻しかあいだがあいていません。そこでまた、二文字、しかも「闘」の文字がつく、というのが、かなり特殊なイメージなんじゃないか、ちょっと近すぎやしないか、と思ったのですが、しかし、逆にこの特殊さをむしろ強調したい、という気持が強かったので、あえて、それこそ云うならば「シリーズもの」みたいなニュアンスで、このタイトルを結局選んでみました。「闘王」につづく「闘鬼」、なんとなく、「いいよいよファイナル・イベントがやってまいりました!」という感じではないかと思います。まあまた、内容的にも「そういうもの」になりまして、ようよう最終的な決戦にこぎつけましたねえ。ってまた、あとがきから読んでおられるかたがおいでだったらネタバレになっちゃいますが、まあタイトルからも、もうそのへんは実際には見当がついておいでになりましょうか。

いや、でも長かったですね。私も、さすがにタイスに最初に到着したときには、まさかここまでタイスに長逗留になるとは思っていなかった、というのが正直のところで、結局タイスにきたの、いつだったですか。まあクムに入ったのが「流れゆく雲」ですか。これが百七巻ですから、なんともう、この百十六巻で九巻にわたってクム滞在中ってことになりますすねえ。まあこのラストでは、百十七巻のあたまでタイスにいないってことは考えにくいですから、結局十巻にわたるクム篇、そしてタイスに入ったのが百十巻、その名も「快楽の都」ですか。ってことはもう、あしかけ七巻にわたってタイスでうろうろしている、ってことになるんですねえ。そりゃあ長いです。

自分でもなかなかこの「快楽の都タイス」は、思いがけなく気に入ってしまって、それでこう長い滞在になったんだなあ、と思いますけれども、しっかし、ほんとにケイロニアの人間であるグインだの、一応質実剛健なブランなんかには我慢なりかねるような場所かもしれませんねえ。でもけっこう魅力的な場所ではないかと思うし、歌舞伎町ロマンなどにけっこうひかれてしまう私のようなものにとっては「タイス、よろしいではないか」ということになってしまうんですが、実際に住んでみると、やっぱり相当大変は大変そうだなあ。特に宮廷で、つまり紅鶴城ですが、そこで暮らしてた日には、タイ・ソン伯爵の御機嫌をうかがって、それを損じたら一瞬でワニの餌にされたりして大変なことですねえ、ヒャー。やっぱり本当は質実剛健のかたまりみたいな、ワルスタットだのランゴバルドだので暮らすほうが健康にはいいんでしょうが。

　そういえば、このあいだ、ワールドコン、世界ＳＦ大会がはじめて日本で開催される、ということがありまして、横浜のみなとみらいを会場に開催されたんですね。そこで、早川書房が「グイン・サーガは何を書いてきたか」というトークのイベントを企画してくださいまして、私、ワールドコンっていうものには生まれてはじめて行って、壇上でイラストの丹野君だの、編集のＡさん、「薫の会」会長などと一緒にグインについていろいろ話をしてきたんですが、いや、ワールドコンそのものはほとんど、だから「会場を通過しました」という程度にしか見物してはおらんのですが——ＳＦ大会といえばはるか昔の浅草公会堂の、あれはトウコンいくつだったのかな、それで「編集者バンド」をひきいてステージやったり、それを吾妻ひでおさんが「不条理日記」だったかにお書きになったりということがあったりして、あとは箱根でやった「アシノコン」というのに出たり、金沢のなんとかコンてのも出たなあという程度だったんですが、ワールドコンてのはほんとにはじめてで……ま、でも話したいのはこのワールドコンのことではありませんで、その企画がすんでから、せっかく遠いとこに住んでる丹野君が出てきてくれたので「お疲れ会をやろう」ってことになりまして、まあ横浜ですから、当然、中華街にゆきますわねえ。

パネルが終わったのが四時前とかで、そのあとちょっと難波弘之さんのライブをきいたりして、会場を出たのが五時すぎだったので、中華街についたのは五時半でした。で、まあ七時すぎまで、予約もいれてなかったんですが早い時間ですから、こないだもなんかのはずみで飛び込んだ、わりといけてる表通りのレストランに入れて、そこでまあ飲んだり食ったり、私はもうお酒は厳禁ですから食うだけですが、丹野君をかまいつつ（笑）楽しく盛り上がりまして、終わって外出てもまだ七時半前、中華街はようやくそろそろ御飯食べようかという人出が繰り出しかけてくるころあいで、この日は土曜日だったんですが、どういうものか、もう夏休みが終わってしまったからか、その時間になっても、かなりの人出ではありましたが、ここしばらく私が中華街にゆくたんびに仰天してたような超絶人出ではなかったんですね。

だもんで、「じゃせっかくだから、ここまできたんだから、銀ブラならぬ中華街観光ブラブラをしてゆこうか」ってことになりまして、ついでにおみやげも買おう、とかって、中華街の、メインストリートを五人でぞろぞろ歩いていたのですが……

そうしたらあちこちでだんだんネオンがともってくる。で、私、思わず「なんだかタイスみたいだ」といったら、それはもう、そのイラストを描いてる人とその本を出している編集さんと、内容のデータチェックをしてくれてる薫の会の会長さんだけに、一気に盛り上がりましてねえ。でも、なんかそのとき云いようもない不思議の気分がしたんですけれど、「ああ、つまりはファンタジーってこういうことなんだ」って思ったですねえ。

私、ときどき引用したり書いたりしてますが、野田昌宏さんの「SFのぞき眼鏡」っていうエッセイが大好きで、これが、それが書かれた当時の「現代」を、五十年だか百年だかくらい前の人がもし見ていたら、すごいSFに見えるに違いない、っていう視点で書かれたもので、もうだいぶ前に読んだもので、かなり忘れてしまってますが、茶色っぽい粉と白い粉をいれて、なんか押すとじゃーとお湯がすぐ出てきて、ただのインスタントコーヒーとクリームなんですけれども、「ああ、そうか、これって、百年前だったら魔道じゃん」ってすっごく納得して、同時に、自分がすっごく「ロマンのなかに入ってしまった」気がしたことがありました。このエッセイに感動したあまり、自分の日常生活ことごとくを、「はじめて見た昔の人の目」で見て書くことにすごく凝っていたこともあります。

結局のところ、ものごとをそうやって「昔の人の目」や「異国の人の目」や「未来人の目」から見るものに変換してくれるのが、目につける「ファンタジー・ソフト」というか、「ファンタジー・プロセッサ」というか、「ファンタジー3D眼鏡」みたいなものなんだなあ、それさえあると、何もかもものすごく素晴らしくなったり楽しくなったり、たまらなくワクワクさせることになって、どんなつまらない場所や退屈な人生も、一瞬にしてすごいセンス・オブ・ワンダーの世界にかえてくれるんだよなあと――そのとき会長さんが「ほんとに田舎からタイスにきて歩いてるおのぼりさんの観光客になった気分」といってましたが、まさしく、そういうことで、「ここはタイスなんだ」と思った瞬間に、たそがれの中華街はぐんと限りない魅惑を増したのでした。あのかがり火は何の神様をまつっているのか、あの屋台で串焼きを売っているのは、あれはもしかしてチーサ魚だろうか（実際にはシュウマイでしたが（笑））路地の奥に入ってゆくとそれはロイチョイへの近道なのじゃあるまいか、とか。なんか、つまりは、「これ」がファンタジーというものの、魔法の粉パワーというか、魔法の秘密なんだなあ、と強く思ったことでありました。そうして見れば東京なんか、たいへんな未来都市でもあれば、逆に未来からみればとてつもない太古の、やっと科学が勃興しはじめた時分のとても古びた廃墟みたいな都市だったり――でも地下に下りてゆく車をのせるエレベータ式の駐車場って、入ってゆくたびに「スターウォーズの宇宙艇の発着みたいだ！」と思ったりしませんか。湾岸トンネルってなんかものすごく、「SFだ！」という気持をおこさせませんか。私はこないだ乗った時速四百キロの上海のリニアモーターカーよりもなぜか、ビルのあいだをイモムシみたいに抜けてゆく、箱崎からのモノレールのほうが未来っぽい感じがするんですけど、何故なんでしょうね。などなどということを考えて、なんだかあの夜の中華街は私たちにとっては、「本当に、ちょっとだけかいま見たタイス」だったのだと思います。ねえ、丹野君。

でもそのタイスともいよいよあと一巻でお別れ（の予定）ですね。ほんとにずいぶん寄り道が長くなってしまいましたが、そろそろ本来の目的にむかって戻ってゆかないことには。ということで、前巻から平常ペースに戻っていたのですが、今回からまた「月刊グイン」をお送りすることになります。でも、何巻まで進んでも、あのふしぎな「ファンタジーの魔法の粉」、「ファンタジー・プロセッサ効果」だけは、心のなかに決して忘れないでいたいと思っています。それではまた、百十七巻でお目にかかりましょう。

二〇〇七年九月六日（木）
台風9号いよいよ上陸！

次世代型作家のリアル・フィクション

マルドゥック・ヴェロシティ1　冲方　丁

過去の罪に悩むボイルドとネズミ型兵器ウフコック。その魂の訣別までを描く続篇開幕！

マルドゥック・ヴェロシティ2　冲方　丁

都市財政界、法曹界までを巻きこむ巨大な陰謀のなか、ボイルドを待ち受ける凄絶な運命

マルドゥック・ヴェロシティ3　冲方　丁

都市の陰で暗躍するオクトーバー一族との戦いに、ボイルドは虚無へと失墜していく……

逆境戦隊バツ［×］1　坂本康宏

オタクの落ちこぼれ研究員・騎馬武秀が正義を守る！　劣等感だらけの熱血ヒーローSF

逆境戦隊バツ［×］2　坂本康宏

オタク青年、タカビーOL、巨デブ男の逆境戦隊が輝く明日を掴むため最後の戦いに挑む

次世代型作家のリアル・フィクション

スラムオンライン
桜坂 洋

最強の格闘家になるか？ 現実世界の彼女を選ぶか？ ポリゴンとテクスチャの青春小説

ブルースカイ
桜庭一樹

あたしは死んだ。この眩しい青空の下で――少女という概念をめぐる三つの箱庭の物語。

サマー／タイム／トラベラー1
新城カズマ

あの夏、彼女は未来を待っていた――時間改変も並行宇宙もない、ありきたりの青春小説

サマー／タイム／トラベラー2
新城カズマ

夏の終わり、未来は彼女を見つけた――宇宙戦争も銀河帝国もない、完璧な空想科学小説

零式
海猫沢めろん

特攻少女と堕天子の出会いが世界を揺るがせる。期待の新鋭が描く疾走と飛翔の青春小説

神林長平作品

宇宙探査機　迷惑一番

地球連邦宇宙軍・雷獣小隊が遭遇した謎の物体は、次元を超えた大騒動の始まりだった。

蒼いくちづけ

卑劣な計略で命を絶たれたテレパスの少女。その残存思念が、月面都市にもたらした災厄

ルナティカン

アンドロイドに育てられた少年の出生には、月面都市の構造に関わる秘密があった――。

親切がいっぱい

ボランティア斡旋業の良子、突然降ってきた宇宙人〝マロくん〟たちの不思議な〝日常〟

天国にそっくりな星

惑星ヴァルボスに移住した私立探偵のおれは宗教団体がらみの事件で世界の真実を知る!?

ハヤカワ文庫

谷　甲州の作品

終わりなき索敵 上下

第一次外惑星動乱終結から十一年後の異変を描く、航空宇宙軍史を集大成する一大巨篇！

遙かなり神々の座

登山家の滝沢が隊長を引き受けた登山隊の正体は、武装ゲリラだった。本格山岳冒険小説

神々の座を越えて 上下

友人の窮地を知り、滝沢が目指したヒマラヤの山々には政治の罠が。迫力の山岳冒険小説

エリコ 上下

美貌の高級娼婦、北沢エリコにせまる陰謀の正体は？　嗜虐と倒錯のバイオサスペンス！

星空の二人

時空を超えた切ない心の交流を描く表題作を含む、ロマンチックでハードな宇宙SF8篇

コミック文庫

千の王国百の城
清原なつの
「真珠とり」や、短篇集初収録作品「お買い物」など、哲学的ファンタジー9篇を収録。

アレックス・タイムトラベル
清原なつの
青年アレックスの時間旅行「未来より愛をこめて」など、SFファンタジー9篇を収録。

春の微熱
清原なつの
少女の、性への憧れや不安を、ロマンチックかつ残酷に描いた表題作を含む10篇を収録。

私の保健室へおいで…
清原なつの
学園の保健室には、今日も悩める青少年が訪れるのですが……表題作を含む8篇を収録。

花岡ちゃんの夏休み
清原なつの
才女の誉れ高い女子大生、花岡数子が恋を知る夏を描いた表題作など、青春ロマン7篇。

コミック文庫

アズマニア〔全3巻〕
吾妻ひでお
エイリアン、不条理、女子高生。ナンセンスな吾妻ワールドが満喫できる強力作品集3冊

時間を我等に
坂田靖子
時間にまつわるエピソードを自在につづった表題作他、不思議なやさしさに満ちた作品集

星食い
坂田靖子
夢から覚めた夢のなかは、星だらけの世界だった！　心温まるファンタジイ・コミック集

闇夜の本〔全3巻〕
坂田靖子
夜の闇にまつわる、ファンタジイ、民話、ミステリなど、夢とフシギの豪華作品集全3巻

マイルズ卿ものがたり
坂田靖子
英国貴族のマイルズ卿は世間知らずでお人好し。18世紀の英国を舞台にした連作コメディ

コミック文庫

アンダー
森脇真末味
ある事件をきっかけに少女は世界の奇妙さに気づく。ハイスピードで展開される未来SF

天使の顔写真
森脇真末味
作品集初収録の表題作を始め、新井素子原作の「週に一度のお食事を」等、SF短篇9篇

グリフィン
森脇真末味
血と狂気と愛に、ちょっぴりユーモアをブレンドした、極上のミステリ・サスペンス6篇

SF大将
とり・みき
古今の名作SFを解体し脱構築したコミック39連発。単行本版に徹底修整加筆した決定版

キネコミカ
とり・みき
古今の名作映画のパロディコミック34本を、全2色刷りでおくるペーパーシアター開幕!

コミック文庫

夢の果て〔全3巻〕
北原文野

遠未来の地球を舞台に、迫害される超能力者たちの悲劇を描いたSFコミックの傑作長篇

花図鑑〔全2巻〕
清原なつの

性にまつわる抑圧や禁忌に悩む女性の心をさまざまな角度から描いたオムニバス作品集。

東京物語〔全3巻〕
ふくやまけいこ

出版社新入社員・平介と、謎の青年・草二郎がくりひろげる、ハラハラほのぼの探偵物語

サイゴーさんの幸せ
ふくやまけいこ

上野の山の銅像サイゴーさんが、ある日突然人間になって巻き起こすハートフルコメディ

オリンポスのポロン〔全2巻〕
吾妻ひでお

一人前の女神めざして一所懸命修行中の少女女神ポロンだが。ドタバタ神話ファンタジー

著者略歴　早稲田大学文学部卒
作家　著書『さらしなにっき』
『あなたとワルツを踊りたい』
『鏡の国の戦士』『水神の祭り』
（以上早川書房刊）他多数

HM=Hayakawa Mystery
SF=Science Fiction
JA=Japanese Author
NV=Novel
NF=Nonfiction
FT=Fantasy

グイン・サーガ⑯

闘《とう》鬼《き》

〈JA903〉

二〇〇七年十月 十 日　印刷
二〇〇七年十月十五日　発行

（定価はカバーに表示してあります）

著者　栗《くり》本《もと》薫《かおる》
発行者　早川浩
印刷者　大柴正明
発行所　株式会社　早川書房
郵便番号　一〇一 - 〇〇四六
東京都千代田区神田多町二ノ二
電話　〇三 - 三二五二 - 三一一一（大代表）
振替　〇〇一六〇 - 三 - 四七七九九
http://www.hayakawa-online.co.jp

印刷・株式会社亨有堂印刷所　製本・大口製本印刷株式会社

ISBN978-4-15-030903-9 C0193